一生必读的 中国十大名著 ‖ 一部可歌可泣的忠烈家史 | 家喻户晓的文学名著让人如痴如醉
百读不厌的经典故事令人回味一生

课 改 精 编 版

杨家将

创世卓越 改编 龚 勋 主编

北 京 出 版 集 团
北京少年儿童出版社

推荐序 | RECOMMENDATION

与文学大师的对话

世界儿童基金会 林春雷

在青少年的成长过程中，文学名著起着一个 “随风潜入夜，润物细无声”的重要作用。每读一本文学名著，就是与文学大师在心灵上的一次对话。这一次又一次的对话会使一个人对人生和世界获得更丰富而全面的认识，人格更加趋于完美。这是难以为其他形式所取代的。

“一生必读的经典：中国十大名著”的编者们为我们的青少年精心挑选了十部在中国，乃至世界上都影响巨大的古典文学名著。罗贯中通过《三国演义》带我们回到那个群雄纷争、英杰辈出的战乱年代，去结识足智多谋的诸葛亮、忠肝义胆的关云长、狡诈多疑的曹操等典型人物；施耐庵在《水浒传》中塑造了一批啸聚山林、打家劫舍的绿林好汉，描写了他们各自不同、栩栩如生的鲜明性格；《西游记》则是一部伟大的神话，作者吴承恩凭借天才的想象力将神仙、妖怪和普通人的故事讲得跌宕起伏、惊心动魄；曹雪芹的《红楼梦》呈现出一批可爱又可怜的青年男女，他们缠绵悱恻的感情故事感动了所有读者，成为千古绝唱；还有《聊斋志异》、《岳飞传》、《封神演义》……部部都是我们中华民族传统文化的结晶，也是中国文学史上的耀眼明珠。

读完这些作品之后，我们会觉得这些大师们站在人类思想的巅峰，在为我们撒播智慧与心灵的种子。阅读他们的每一本著作，都是在与巨人们当面对话……

REVISION | 审定序

一把打开文学宝库的钥匙

中国儿童教育研究所 陈勉

一本书能够成为经典名著，一定是包含了高超的艺术造诣和透彻的人生道理。青少年朋友们正处在一个认识世界、了解人生的关键阶段，这些历经时间考验的经典文学名著正好充当了导师和朋友的角色。

由于青少年受到知识、阅历以及阅读欣赏经验的限制，他们往往会与文学名著产生不同程度的隔阂，造成阅读的困难。“一生必读的经典：中国十大名著”系列的编者们从汗牛充栋的中国古典文学殿堂中精心挑选了十部适合青少年阅读的经典文学名著。这些家喻户晓的超级名著不仅深入人心，脍炙人口，在中国文学史上也占有显赫的地位。为了使它们适合青少年朋友阅读，编者们舍弃了原著晦涩的文言文，在忠实于原著的基础上进行了改编，既保留了原著中精彩的故事情节和灿烂的文采，又回避了原著中一些封建迷信描写。令人欣喜的是，所有作品均配有精美的彩色插图。这些插图形象地阐释了作品的内涵，有助于读者更好地理解原著的意义。

此外，这套书的特色还在于为这些文学名著配上了相关的文史、科普知识，让青少年读者在阅读名著的同时能了解相关的基础知识，再通过这些知识更好地理解作品。正是这些元素，使读者能更真切地感受我国各个朝代历史、文化的独特和精彩。

伟大的经典名著带给人的影响是能伴随人的一生的。这套书通过轻松、新颖的阅读方式，给了广大青少年们一把打开文学宝库的钥匙。这把钥匙将给他们打开一个广阔而美丽的世界！

楊

古典文学名著的无穷魅力

杨家将的故事自北宋以来就在民间广泛流传，经过无数人的创作和完善，到明末终于形成了比较完整的杨家将长篇小说。它以历史上的真人真事为依据，通过描写北宋时期杨家三代抗击辽国和西夏的故事，为我们塑造了杨继业、佘太君、杨六郎、杨宗保、穆桂英等一批栩栩如生的人物形象，充满着昂扬的爱国主义激情，成为中国古典文化长廊里一道独特的风景。

为了让广大青少年更好地欣赏这部名著，我们根据原著进行改编，从中选取重点精彩情节，编撰了从“杨门将帅”到“平定西夏”等三十二个章节故事。其中包括“孟良盗马”“辕门斩子”“穆桂英挂帅”“大破天门阵”“女将出征”等众多家喻户晓的故事。通过这些故事，我们把众多个性鲜明的人物形象、丰富精彩的故事情节展现在青少年朋友面前。故事情节跌宕起伏，语言通俗生动，除每页配有精美传神的插图外，我们还对故事中出现的一些重要知识点进行了拓展和延伸，并以图文的形式加以解释，以期青少年朋友在享受阅读快乐的同时，能够了解更多的古代文学常识。

希望本书能打开古典文学的宝库，让广大青少年朋友更好地领略我国古典文学的无穷魅力。

目录

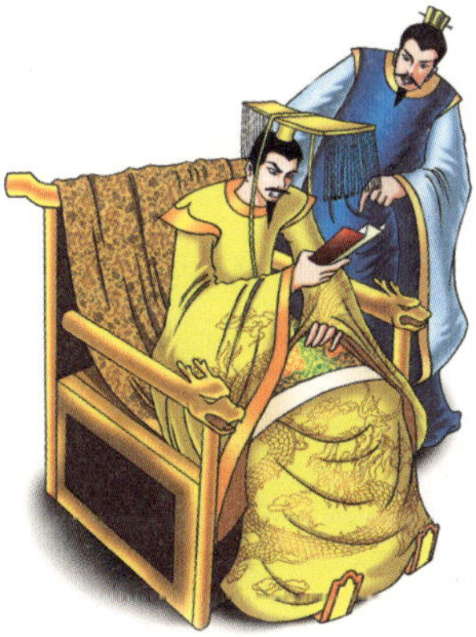

第一章

杨门将帅

幽云十六州：指今北京、天津和河北北部、山西北部的大片土地。这里自古以来就是中原王朝阻挡北方游牧民族南侵的主要屏障。

唐朝灭亡后的五十三年中，群雄并起，战祸连年，中国历史再一次进入了大割据时代。在北方广大地区，先后出现了后梁、后唐、后晋、后汉、后周五个朝代。与此同时，南方各地又陆续并存过九个较小的割据政权，即：吴、南唐、吴越、楚、前蜀、后蜀、南汉、南平及闽等九国；北方河东地区则有北汉势力。这些军阀政权之间为扩张势力，连年征战，人民生活在水深火热之中，历史上把这段特殊的时期称为“五代十国”。

“五代十国”时期，我国北方崛起了一个叫作契丹的游牧民族，建立了辽国。他们剽悍善战，行止不定，趁着中原连年混战之机，屡次南侵，肆意掠夺。后来，后唐的河东节度使石敬瑭为登上皇帝宝座，不惜出卖民族利益，勾结契丹为外援，将东起幽州（今北京市），西至云州（今山西省大同市）的十六州土地，统统割让给契丹。“幽云十六州”是中原的屏障，这道门户被打开，契丹人从此长驱直入，越发变本加厉地烧杀掳掠。中原人民生活在契丹人的铁蹄之下，苦不堪言。常言道：“家贫出孝子，世乱出英雄。”在这天下大乱、内忧外患的年月里，在北汉出现了威震天下的抗辽英雄杨继业。

契丹人趁着中原连年混战之机，屡次南侵，肆意掠夺

杨家世代居住山西河曲县。这里位于黄河冲积平原，土地肥沃，物产丰富。不幸的是，由于地近塞北，又有黄河河谷通道，这里经常

杨继业和佘赛花令辽兵闻风丧胆

遭受北方游牧民族的侵扰。乡民们为了身家性命，人人从小习武，村村结堡自卫。长此以往，这里便形成了一种尚武的风习。每家每户的男女老少，个个都能上阵杀敌，闻名遐迩的“杨家军”中的杨继业，就是其中的佼佼者。

杨继业的父亲杨弘信也是一位抗辽英雄，杨继业从小跟着父亲参加抗辽斗争，腥风血雨的斗争生涯，把他磨练得胆识超群，智勇过人。二十几岁时，他就和妻子佘赛花在雁门关大败两万多辽军，取得了著名的“雁门关大捷”。辽主不甘心，此后每年都派人来攻打雁门关，然而杨家军犹如守城金刚，雁门关恰似铜墙铁壁，辽兵始终不能前进半步。杨继业为北汉守关的二十五年中，和辽兵交战三十余次，由于他巧妙地利用了长城和雁门关的有利地势，每战必捷。于是“杨无敌”的威名四海流传，不仅国人奔走相告，人人争颂，而且更令辽兵闻风丧胆。北汉国主刘钧爱惜人才，就加封杨继业为中书

辽国瓷马镫壶

马镫壶又称鸡冠壶，用陶或瓷烧制而成，用来盛放酒、水、奶等，可挂在马背上，很适合契丹人的游牧生活之用

杨继业的儿女们也都武艺超群，能征善战

令，并赐给他镀金大刀一把；封他的妻子佘赛花为镇国夫人。百姓们爱戴杨家，就把杨继业称为“金刀杨令公”，把佘赛花称为“杨令婆”。由于长城脚下的代州是辽兵南侵的必经之地，刘钧就将其升为大镇，封杨继业为代州节度使，命他夫妻带兵一万镇守，以防辽兵犯境。

杨令公武艺盖世，佘赛花巾帼不让须眉。俗话说虎父无犬子，杨令公夫妇的儿女也是一个个百里挑一，人才出众。夫妇俩共生了七男二女：大郎杨渊平，二郎杨延定，三郎杨延辉，四郎杨延朗，五郎杨延德，六郎杨延昭，七郎杨延嗣，八姐杨延琪，九妹杨延瑛，加上收养的义子八郎杨延顺，杨家可以说是人丁兴旺，“七郎八虎”之名，遍传海内。儿子们陆续长大成人，杨令公夫妇相继给大郎、二郎、三郎、四郎、五郎成了亲，并把六郎、七郎送去武当山，拜在名师门下学艺。杨家儿媳都是将门之女，连同八姐、九妹，杨门女将也一个个是能征惯战，她们和男将一起在沙场奋勇杀敌，毫不逊色。由于杨家战将成群，百姓们便又称他们为“杨家将”了。杨令公夫妇率领杨家将镇守雁门关，俨然北方的钢铁长城。

陈桥驿兵变：指在公元960年发生的后周大将赵匡胤被拥戴为皇帝，从而取代后周政权的军事政变。该兵变最后导致了后周的灭亡和宋朝的建立。

公元960年，后周大将赵匡胤发动了陈桥驿兵变，夺取皇位，建立了宋朝。赵匡胤就是历史上著名的宋太祖。

宋太祖虽是武将出身，却不同于“五代十国”的军阀皇帝。他不满足于偏安一隅，决心收拾破碎的河山，恢复中华一统的局面。因此，宋太祖一登上皇位，便开始东征西讨。当时与宋朝并立的小国，有南唐、吴越、南汉、后蜀、南平、北汉六国。宋太祖经过十五年的征讨，陆续消灭了南平、后蜀、南汉、南唐四国，只有吴越和北汉尚未攻破。吴越远在东南，又有长江天险，宋太祖鞭长莫及，所以尚可以苟延残喘；北汉却完全依靠杨家将，宋太祖五次派兵讨伐，无不大败而归。宋太祖只好命宋军养精蓄锐，以待良机，扫平北汉。

萧太后

小名燕燕，辽景宗耶律贤的皇后，是辽国著名的政治家、军事家。辽景宗死后，她以超群的胆略执掌朝政多年，使辽国步入鼎盛时期

就在中原风云迭起的同时，北方的辽国日渐强大。辽国皇帝耶律贤死后，年仅12岁的太子耶律隆绪继承了皇位。由于皇帝年纪尚幼，大权于是落在了他的母亲萧太后手里。萧太后名叫萧绰，是一个野心勃勃的女人。她虽不会武艺，却胆识过人，手段高超，满朝文武无不对她既敬且畏。一朝天子一朝臣，萧太后一当政，就提拔了三个亲信：一个名叫萧天佐，是她的堂弟，被封为左元帅；一个名叫萧天佑，是萧天佐的亲兄弟，被封为右元帅；还有一个叫韩德昌，此人武艺高强，颇具韬略，被萧太后封为齐王，官居丞相，总领三军，后来他逐渐成为萧太后身边最宠信的红人。萧太后一执掌国家大权，就励精图治，锐意改革，辽国渐渐强大起来。萧太后垂涎中原地区的辽阔和富饶，随时准备着攻灭宋朝，入主中原。

萧太后掌权后，励精图治，锐意改革，辽国渐渐强大起来

第二章

七郎杀潘虎

《清明上河图》局部

图中画的是北宋都城汴梁，即今河南开封。五代时汴梁即成为政治经济中心，后周正式定都于此，到北宋时更加繁华富饶，人口近百万

冬去春来，花开花落，这一天，六郎杨延昭、七郎杨延嗣在武当山学艺满三年了，他们拜别了师父，向代州家里赶去。

两人走了几天，这天来到河南洛阳地界。杨七郎一向听说大宋的东京汴梁热闹非凡，就央求哥哥说：“咱们难得出门一趟，今天就去汴梁城逛逛，反正也绕不了多少路。”杨六郎犹豫着说：“咱家多次和宋兵交战，万一被认出来怎么办？”杨七郎说：“汴梁城人山人海，咱们的名字又没写在脸上，哪里就那么巧？好六哥，咱们就去一趟吧！”六郎禁不住七郎的一再央求，再加上自己也有点心动，便说：“去也可以，但你得答应我两件事。第一，你要听我的，我要你怎样，你就怎样；第二，要有人问我们的姓名，就说叫木易六、木易七。”杨七郎说：“我听你的就是！只是天下的现成名字多得是，为何偏偏叫这么个稀奇古怪的名字？”杨六郎说：“你总是不动脑子，这叫拆字法。‘杨’字拆开来不就是‘木’、‘易’二字吗？这样既瞒了别人，又不改本姓，不是很好吗？”杨七郎敬佩地说：“六哥，真有你的，果然是不错！”两人说说笑

杨六郎和杨七郎说说笑笑，向汴梁城的方向赶去

杨六郎和杨七郎立马停缰，仔细观看城门口贴的皇榜

笑，向汴梁城的方向赶去。

杨六郎、杨七郎马不停蹄，这天赶到了汴梁城外。两人抬眼望去，只见汴梁城城高河深，果然十分雄伟。城门口贩夫走卒，川流不息，更是热闹非凡。两人策马来到城门前，见城门下站了一堆人，正围着一张告示指指点点。杨六郎、杨七郎觉得好奇，就立马停缰，站在人群后面看去，原来是一张皇榜，上面写着："为扬我大宋神威，一举剪除杨家将，特命潘仁美之子潘虎在酸枣门外摆设擂台，切磋武艺，以招募天下英雄，共保大宋江山永世不败。"

七郎看了皇榜，怒上心头，真想上去一把撕个粉碎，但想到六哥的叮嘱，这才极力忍住怒火，却已是憋得脸膛发紫。六郎见他脸色大变，怕他惹是生非，急忙给他使了个眼色，打马就走。七郎紧随哥哥，两人穿街走巷来到一家酒肆。

晚饭过后，店小二进来送茶。杨六郎借机向店小二打探潘虎摆擂之事。店小二低声说："你说潘虎呀，他

酒肆人物俑

酒肆指古代的酒店、酒馆、酒楼，以经营酒水为主，有的也经营食品，是一种接近于大众化的娱乐场所。图为宋朝时一对经营酒肆的夫妻

杨六郎和杨七郎来到擂台下面，台上潘虎正在大放厥词

就是大名鼎鼎的潘太师潘仁美的二公子。在汴梁城倚仗着他老子的势力，欺男霸女，无恶不作。听说他刚从少林寺学艺回来，最近皇上让他摆擂台。这家伙心狠手辣，说是切磋武艺，可是已经有几十条好汉死在他手里了。”

七郎一听这话，气得肺都快要炸了。等店小二走了，他便对六郎说：“六哥，那赵家皇帝专和咱家作对，现如今这潘虎又作恶多端，让我去宰了这个小子，出出这口恶气！”六郎连忙阻拦说：“你也不看看这是什么地方，哪能只逞匹夫之勇，这样怎么做大事呢？我倒有个主意，你听听怎么样。”杨七郎赶紧把耳朵凑过去，杨六郎便如此这般地跟他说了好一会儿。杨七郎听罢连连点头。兄弟俩计策已定，就先熄灯休息了。

十八般兵器：一般是指刀、枪、剑、戟、斧、钺、钩、叉、镋、棍、槊、棒、鞭、锏、锤、抓、拐子、流星等十八种兵器。

次日清早，六郎、七郎兄弟俩随着人流来到酸枣门擂台前。只见台下人山人海，台上兵器架里十八般兵器样样齐全；擂台两侧还挂了一副鲜红的对联，上联是“艺冠天下无敌手”，下联是“功盖寰宇有威名”，横批“奉旨会武”。七郎暗暗骂道：“好小子，吹这么大牛皮，也不怕闪了舌头。”这时，六郎悄悄扯了扯七郎的袖子，两人牵了马，绕了个圈子，来到擂台北侧人少的地方。

大约过了一顿饭的工夫，潘虎才杀气腾腾地走上台来，大呼小叫道：“不怕死的尽管上来！”话音未落，一个汉子“嗖”地跳上擂台。他对着潘虎厉声喝道：“在下尤天保，特来教训你这个无赖！”潘虎大笑道：“你死在眼前，还敢口出狂言。用不了一时三刻，大爷我便取了你的狗命，谅你除了阎王爷，也找不到告我的地方。”说完，不等尤天保开口，早已飞起一脚，直踢

少林寺

少林寺位于今河南省郑州市登封县境内的嵩山上，是少林武术的发源地，被誉为“天下第一名刹”。图为少林寺塔林

他的腰眼。尤天保从容接招，两人你来我往，斗在了一起。

六郎是个有心人，早看出潘虎脚下有问题，他悄悄地对七郎说："七弟，你有没有看出什么名堂？"七郎说："我看这潘虎活像头驴子，除了踢人，再没别的能耐了。"六郎说："你没再发现什么吗？"七郎摇了摇头。六郎说："你总是这么粗心，光知道潘虎只用脚尖踢人，却不知道他那鞋里大有文章，和他交手，免不了要吃暗亏。"七郎连忙问为什么。六郎说："一来这潘虎的脚功十分平常，却招招不忘踢脚；二是武林宗派虽然众多，脚功却多用脚掌，从来不见有用脚尖踢人的，这是因为用脚尖踢人容易自伤。这潘虎总用脚尖踢人，难道不蹊跷吗？所以我断定，他鞋里藏有暗器！你待会儿上台，千万当心他的脚。"七郎听得连连点头。这时忽听台上一声惨叫，尤天保已经中了潘虎的暗算。让人万万想不到的是，心狠手辣的潘虎见尤天保倒了，抢上去又一连踢了十几脚，然后两手一抓，把尤天保举过头顶，扔到了

一个叫尤天保的年轻人上台打擂，被潘虎鞋上的暗器所伤

台下。六郎、七郎不约而同挤到台前，伸手一摸，尤天保早就没了鼻息。二人解开尤天保的褂子一看，只见他上身已经是血肉模糊，数根肋骨被踢断，惨不忍睹。六郎证实了自己的猜测，他对七郎说："七弟，再拖延时间的话，说不定又有哪条好汉毁在他的手里。你只要按照我们预先商量的办法行事，哥哥保你万无一失。"

这时，潘虎又在台上开始了大吼大叫。七郎看了，气不打一处来，他双脚点地，"嗖"的一声，箭一样地蹿上了擂台，台下的人齐声叫好。七郎轻轻落在台上，不等潘虎发问，就厉声喝道："混蛋你听着，我复姓木易，排行老七，来为死在你手里的好汉报仇雪恨。你要算账，记住'七爷爷'三字就行了。"说完，他一个猛虎扑食，已经跃到潘虎面前。潘虎刚要闪躲，七郎下面一个扫堂腿，他就不由自主"扑通"一声摔在台上。潘虎恼羞成怒，从台上爬起来，飞起右脚，狠命地向七郎踢去。七郎心中暗喜，他身体左闪，右手顺手牵羊，抓住了潘虎那只飞在空中的脚，然后顺势向上一抬，潘虎便仰面朝天摔了个结实，他的鞋也已经被七郎抓在了手里。七郎只觉得手中的鞋沉甸甸的，他撕开一看，大吃一惊，只见鞋尖上嵌了一块锋利的三棱铁。七郎举着鞋，向台下厉声喊道："各位父老乡亲们看看，这就是潘家公子的本事，几十条好汉的性命就这样丢在他的脚下，真是天理难容！"

潘虎被揪住

复姓：姓氏有单姓、复姓和多字姓，单姓如张、王、陈、李等；复姓如诸葛、欧阳等；多字姓如爱新觉罗、钮祜禄等。

七郎撕开潘虎的鞋一看，大吃一惊，只见鞋尖上嵌了一块锋利的三棱铁

小辫子，顿时气急败坏，趁七郎不备之机，爬起来便向七郎扑去，那架势是要跟七郎拼命。七郎揭穿了潘虎卑劣的手段，已经不想再拖延时间，便招招又猛又狠地攻向潘虎。潘虎不知死活，还想用左脚上的暗器来置七郎于死地。七郎乘他抬脚踢向自己之际，身体微微后仰，同时飞快地伸出右手，像钳子似的牢牢抓住了潘虎的左脚。七郎稍一用力，便把潘虎头朝下提了起来。不过，七郎已经不再对他那只鞋子感兴趣了，他左手一伸，又抓住了潘虎的右脚。七郎两臂一较劲，几乎将潘虎的两条腿抻成了直线。潘虎顿时疼得哇哇大叫，直向七郎喊饶命。七郎哪里理会，索性一不做，二不休，将潘虎的左腿按在地上，用脚踩住，再把潘虎的右腿扛在肩上，全身用力向上一挺，随着一声惨叫，潘虎已被劈成两半。

六郎骑马赶到擂台前，七郎一纵身跃到马背上，兄弟二人纵马向北飞驰而去

七郎结果了潘虎，余怒未消，他走到擂台前边，伸出左右铁拳，将两根木柱齐齐打断，那副对联也应声落地。这时，六郎已经按预定计划骑马赶到擂台前，七郎一纵身便跳到马背上，台下的看客们还没回过神来，兄弟二人已经纵马向北飞驰而去。

潘虎的一帮随从，眼见主人横尸擂台之上，早已吓得如木雕泥塑一般，呆立在当场。待他们慢慢回过味来，才一个个声嘶力竭地高叫："捉拿凶犯！"然后上马向六郎和七郎逃奔的方向追去。然而，六郎和七郎此刻早已上了官道远去多时，哪里还追赶得上。况且，他们明知不是六郎和七郎的对手，所以也无心尽全力追赶，于是胡乱追了一通，便赶回潘府报信了。

官道：古时官府为方便通商、运输等而开辟铺设的道路，比民间小路要宽阔平坦得多，沿途一般设有驿站、官厅、歇马亭等。

第三章

太祖议和

闻知潘虎的死讯，潘府上下一片恸声。潘仁美气得捶胸顿足，立即下令画影图形，放往各地去捉拿凶手。

但是，杨七郎打擂时只报了木易七的假名字，杨六郎更是只字未露。加之那个时代发送公文只能靠骑马通过各个驿站之间传递，等到地方官员接到公文时，杨六郎、杨七郎早已和家人团聚了。

驿站：古代供传递公文的人或者来往官员途中歇宿、换马的处所。

过了半个多月，潘仁美才得到天井关的一个报告，说在半月以前，有两名骑马后生过关去了河东，其年龄、长相与通缉公文上的描述一一相符。潘仁美的干儿子黄龙凑上来说："河东北汉杨家有'七郎八虎'，从凶手姓名来看，'木易七'不就是杨七吗？杀死公子的一定就是杨继业的儿子杨七郎。"潘仁美听了这话，连连顿足道："这小畜生欺人太甚！明日我一定奏明圣上，出兵扫灭北汉，铲除杨家。"

看着惨死的儿子，潘仁美对凶手恨之入骨

次日早朝，潘仁美奏告太祖，假称北汉正招兵买马，聚草囤粮，并勾结辽国，企图进犯大宋。宋太祖一听大怒，当即下旨，命潘仁美为监军，高怀德担任先锋，亲率十万大兵，一路过关斩将，浩浩荡荡开到了北汉境内的潞州。

高怀亮一鞭把刘雄打落马下

消息传到北汉都城晋阳，北汉主刘钧惊恐万状，急忙召集满朝文武商议对策。大将赵遂奏道："主公不必忧虑，臣愿率领兵马，前往潞州退敌。"北汉主准奏，命赵遂为行军都部署，刘雄、黄俊为正副先锋，领兵五万，前往潞州。

赵遂率军不日便赶到了潞州城。第二天，两军在旷野上摆开阵势。赵遂纵马出阵，他高声大骂："你等手下败将，怎敢又来挑衅？"宋军先锋高怀德大怒，挥舞长枪，策马出阵，赵遂舞刀相迎。两人战了十几个回合，不分胜负。北汉先锋刘雄见赵遂胜不了高怀德，挥舞着方天画戟出阵助战。宋将高怀亮举鞭来迎，只两个回合，刘雄就被高怀亮的钢鞭击中头颅，翻身落马而死。赵遂见势不妙，虚砍一刀，拨转马头便跑。潘仁美挥动帅旗，宋军一齐掩杀，北汉军大败。赵遂不敢回潞州城，带着残兵败将，逃回了晋阳。宋军将潞州城团团围住。

赵遂回到晋阳城，向北汉主禀报了兵败之事，北汉主惊得手足无措，不知如何是好。谋士丁贵说："以往宋兵来犯，都是被代州杨令公杀退。此次宋兵来势比以

方天画戟

中国古代将矛和戈的功能合为一体的格斗用冷兵器。在戟杆一端装有金属枪尖，一侧或双侧有月牙形利刃通过两枚小枝与枪尖相连，可刺可砍

接到北汉主的告急诏书，杨令公率领大军赶往晋阳

往更甚，非杨家之兵不能退敌。主公可写诏书，召杨令公火速来救。”北汉主叹气道：“杨家军天下无敌，来退宋兵自然不在话下。只是杨继业常劝寡人归顺大宋，寡人对他放心不下。万一他先降了大宋，再合并算计寡人，如何是好？”丁贵说：“杨令公是忠义之士，虽劝主公降宋，只要主公不降，他是决不会背主降宋的。主公不必疑虑，退敌要紧。”北汉主沉吟良久，才说：“今日事出无奈，也只好如此。”于是亲写诏书，派人快马送往代州搬救兵。

再说杨六郎、杨七郎回到家里，杨令公问起一路上的情景，七郎就忐忑地说了杀潘虎之事。杨令公听了，既喜又忧，喜的是潘虎恶贯满盈，七郎打死他，未尝不是一件积德的善事；忧的是潘仁美老奸巨猾，他若知道杀死潘虎的人就是七郎，定不会和杨家善罢甘休。但事已至此，也只好先把这事放下。

没过多久，杨令公突然接到北汉主的告急诏书，他立即传令调兵遣将。此时杨家军已发展到两万多人，杨令公命令大郎杨渊平留守雁门关，自己率兵星夜赶到晋阳，觐见北汉主。

宋兵的探马探听到杨家军增援的消息，急忙报知宋太祖。宋太祖召集群臣，说：“此次出征以来，大军所向披靡，如入无人之境，皆因未遇杨家军之故。此番和杨家军交战，众将务必同心协力、奋勇争先，方有望取胜。”说完，传下号令，兵离潞州，向晋阳进发，在距杨家军不远的地方扎下营寨，并向北汉营下了战书。

宋武士俑

图中的两座立俑真实地再现了宋朝武士的形象。宋朝对军队的控制非常严格，形成“兵无常帅，帅无常师”、“将不得专其兵”的局面，杜绝了拥兵割据的现象

次日午时刚到，宋兵和杨家军已各自摆好了阵势。宋太祖偕左右大将，一字排开。杨令公跨马擎刀，左有二郎、三郎、四郎，右有五郎、六郎、七郎、八郎。杨家军人数虽少，却是声势赫赫。宋太祖看了，不禁暗暗赞叹。

这时，忽听两军阵三声炮响，杨继业提刀纵马，和六郎杨延昭、部将王贵一起，威风凛凛地冲到阵前，宋将萧华上前迎战。萧华手提花枪，在马上高声叫道："北将及早投降吧，以免杀伤你们，如若不然，小心我大宋铁骑踏平河东！"杨继业厉声骂道："无端匹夫，死在眼前，还敢口出狂言！"说罢，舞刀纵马，直取萧华。萧华拍马迎战。两马相交，斗了没几个回合，萧华就被杨继业一刀砍死。

杨继业仰天大笑，奚落道："就凭这样的草包战将，宋君还想平定诸国？"宋军大将赵巍一听这话，气得哇哇直叫，挥舞着斧子来战杨继业。战到二十余回合，杨继业一刀又将赵巍砍落马下。

大炮

古时，大炮除了作为极具威力的远程杀伤火器之外，还常用来燃放火弹以传达信号。图中大炮由生铁铸造，炮身长大，并被架于一三轮木车之上，除威力巨大之外又有很强的机动性

杨继业一刀劈死了萧华，仰头哈哈大笑

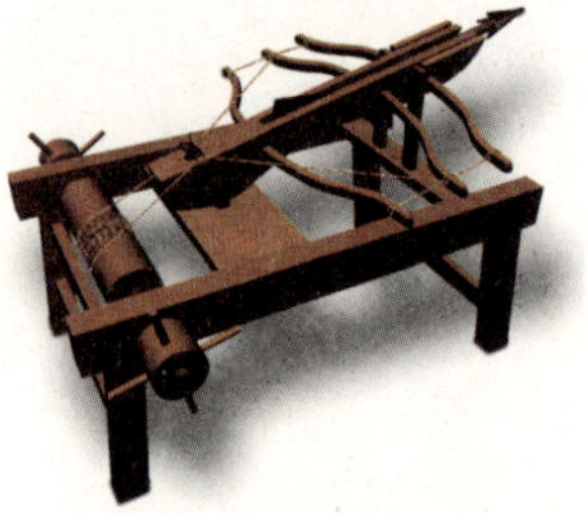

三弓床弩

弩是类似于弓的弹射武器，但它加入了机械装置，比弓的射程更远，更具杀伤力，在古代是比较精良的武器。北宋在对外作战时，大量使用了这种武器，对战争的胜利起到很大作用

高怀亮见状大惊失色，急忙拍马上前，杨继业举刀相迎。两人战了五十多个回合，杨继业佯败，打马往回便走。高怀亮紧追不舍，不防杨六郎骑马从边上猛冲过来，将高怀亮从马上撞落下去。杨家军趁机掩杀，高怀亮拼死逃出，宋兵折损无数。

这一场恶战一直杀到傍晚，两边才鸣金收兵，各自回营。宋太祖回到营盘，闻知宋军伤亡惨重，不由叹息道："杨继业武艺超群，寡人若能得此人，何愁天下不定？更何况杨家七郎八虎个个英武不凡，无怪乎天下无敌。你等败在杨家将手里，并非耻辱。朕意已决，定要将此人活捉，为朕所用。"他闭目沉思半晌，忽然睁眼道："众将做好准备，今晚二更随朕前去劫营。"当即太祖调兵遣将，安排停当，只等二更到来。

二更：古代计时的更点。在古代晚上7时至9时为"戌时"，作为一更；9时至11时为"亥时"，作为二更；前半夜11时至1时为"子时"，作为三更；午夜1时至3时为"丑时"，作为四更；后半夜3时至5时为"寅时"，作为五更。

当夜二更，恰好阴天，四周黑得伸手不见五指。宋军一万五千人马悄悄地来到杨家军营南门之外。宋将高怀德、曹彬带着五千人马杀进营帐，但眼前却只看到一座空营。高怀德立即命人放信炮通知后续部队。与此同时，只听杨家军营背后也传来三声信炮。高怀德心知中计，连忙和曹彬一起率军往营外冲。后面的党进听到炮声，以为高怀德已经与杨家军交战，急忙按原计划带着一万人马杀进杨家军营。霎时间，只听战鼓咚咚、人喊马嘶。等到天光微亮，宋军方才发现对方并非杨家军，而是己方在自相残杀。

高怀亮去追杨继业，不料被杨六郎撞下马来

正在这时，杨家军从三面突起，将宋军团团围住。佘太君带着四子五媳一齐扑到宋军阵内，纵横冲杀。鏖战多时，曹彬等人杀开一条血路，带着残兵败

将狼狈逃回宋营。

佘太君带着四子五媳一齐扑到宋军阵内，纵横冲杀

杨继业得胜回营后，王贵劝道："大宋国力强盛，久战恐怕对河东不利。不如见好就收，和宋军议和。"杨继业觉得有理，派人去通报宋军。

此时，在宋营里，宋太祖听说宋兵大败，正在懊恼，恰好北汉军派人来求和。宋太祖沉吟良久，只好应允，下令班师回朝。

宋太祖一行人迤逦来到太行山下，忽然被一伙强人挡住去路。为首之人身高八尺，面如铁色，十分凶恶。高怀德挺枪上前，和那人厮杀起来。

宋太祖闻讯赶来，一见那好汉武艺出众，不由暗暗赞叹，便想把他招降。于是喝住两人，问那人姓名。那人说："小将呼延赞，阻拦圣驾只为求借衣甲三千副，弓弩三千张，好叫孩儿们在山寨里演习操练。等皇上再下河东时，小将愿为先锋，但求皇上应允。"

宋太宗当即应允："朕能得壮士，乃国家之大幸。请壮士暂驻此山，监视北汉。待朕回京之后，自当派人前来召请。"呼延赞不胜欢喜，拜谢而去。宋太祖率师回朝。

宋时典型的城墙防御

宋朝城墙坚固，城上有敌楼、垛口等，城外有护城河，这些防御措施与城墙共同构成一个完整的防御体系

第四章

杨继业归宋

驾崩："驾"是古代帝王车驾的总称，这里借指帝王；"崩"在君主时代指帝王死。"驾崩"在古代专指皇帝死。

宋太祖远征失败，班师回朝后，心情抑郁，再加上一路上受了些风寒，突然一病不起，在这年十月驾崩。临终前，宋太祖将皇位传给了弟弟赵光义，并叮嘱他道："朕已年及半百，死而无憾，只有三件事，未遂朕愿，望贤弟代朕完成：第一件，河东近在咫尺，不可不取；第二件，杨继业父子，乃盖世英杰，贤弟当召来大用；第三件，太行山呼延赞，也是当世英雄，可召来为将。贤弟若能完成此三件事，则朕死而无憾也。"言罢，气绝而死。

次日，赵光义继位，改名为炅，赵炅就是历史上的宋太宗。

宋太祖临终前，把皇位传给了弟弟赵光义，并叮嘱他代自己完成三桩心愿

宋太宗继位后，牢记太祖的遗命，即刻命翰林学士草拟诏书，派人去太行山将呼延赞召到京城，并委以官职。

这天，太宗召集群臣商议攻伐北汉的事情。众臣都力主进兵，太宗当即决定御驾亲征，任命潘仁美为北路都招讨使，高怀德为正先锋，呼延赞为副先锋，八贤王为监军，统率十万精兵，浩浩荡荡向晋阳杀去。

刘钧看见宋军兵临城下，惊得面如土色

宋军发兵突然，大军来到晋阳城下，北汉主刘钧才知道宋军打来了。他急忙带了文武百官到城楼观看，只见宋军旌旗招展，剑戟如林，刘钧一时惊得面如土色，慌忙返回金殿和大臣们商议对策退敌。满朝文武这时一个个惊恐万状，只有丁贵异常镇定，他劝慰刘钧道："陛下，事到如今，只有拼死一战。陛下赶紧命人去找杨令公搬救兵，臣领兵出城，先去抵挡宋军一阵。"

刘钧却顾虑重重地说："当年令杨继业出战，他却与宋军讲和而归，而且口口声声说宋君的好话。我怀疑杨继业已经和大宋通谋，不能再召他出山了。"丁贵奏道："杨家父子是忠义之士，不会有这等事。况且如今事态紧急，也只有杨家父子能救国难。"刘钧万般无奈，只得准奏，命人奉旨火速赶往代州求援。

次日，丁贵率领人马出城，两军于护城河前列开阵势。宋军里呼延赞一马当先杀奔而出，北汉大将张明拍马迎战。不几个回合张明就被呼延赞一鞭打死，丁贵只好亲自出战。三十多个回合后，丁贵也渐渐力不从心，他瞅准时机，策马逃回城里。宋兵乘机冲杀，北汉兵战死的战死，投降的投降，乱成了一片。

龙凤云纹皮盾

在古代大小战争中，盾牌是常见的防御武器，分皮盾、铁盾等。其中盾的表面包有一层或数层皮革，可有效防御箭、矛和刀剑的攻击

呼延赞和杨延德一直战到战马都支撑不住了，还没分出胜负

正在这当口，接到圣旨的杨令公带着五郎杨延德、六郎杨延昭领兵赶来。五郎手持板斧，厉声高喊：“宋将快退，不要自取灭亡！”呼延赞不知道来将是谁，听他这么喊叫，不由大怒道：“区区无名小将，把头留下！”说罢舞鞭跃马，直取杨延德，杨延德挥舞板斧来迎。两人打了四十多回合，不相上下。这时宋军中有人对呼延赞喊道：“将军，与您交战者便是杨家五郎杨延德，须小心提防。”呼延赞在马上暗暗吃惊，心想，都说杨家父子英雄，果然名不虚传。他正要抖擞起精神继续鏖战，但两人的马都有点支撑不住了。这时，只听杨延德叫道：“马力困乏，明日再战吧！”说罢用自己的斧将呼延赞的鞭架住，抽身而去。呼延赞也只好收兵回营。

板斧

古代兵器，斧头呈扇形，斧端有弯刺，柄长约一米。一对板斧常作兵器之用，用时左右手各持一斧，其用法有抡、劈、砍、扎、削、扫等，需力大者方能使用

第二天，天刚蒙蒙亮，两军阵前都“咚咚咚”擂起了战鼓。宋军阵上，潘仁美当先，高怀德、呼延赞分立两边，三匹马一字排开。杨家军阵上，杨令公横刀立马，三郎杨延辉、六郎杨延昭分立左右。只听杨继业厉声喝道：“当年我们已经议和，你宋朝为何言而无信，又来侵犯？如果赶快退兵，我们还可重修旧好，如若不然，定杀你个片甲不留。”潘仁美一听这话，气不打一处来，回头向自己阵里问道：“谁来出马，与我擒了这老匹夫？”

潘仁美话音未落，呼延赞已拍马出阵，挥鞭向杨继业打去。杨延辉见了，纵马上前，与呼延赞厮杀起来。

两人战了七十多个回合，不分胜负。正在二人打得难解难分之时，宋军阵上忽然传来鸣金之声，呼延赞不知何故，只好收兵回营。

呼延赞回到大营，才知道是太宗皇帝下令收兵的。宋太宗适才在阵前观战，看见杨家父子英雄豪迈的气概，心里十分喜爱，起了怜才之心，加之又想起太祖的遗命，害怕误伤他们，因此不让再战下去了。

宋太宗收兵回到大营后闷闷不乐。八贤王赵德芳猜到皇上的心意，问道："陛下是不是为招降杨家父子的事而发愁？"太宗说："正是。皇侄有何妙计？"八贤王说："臣素有耳闻，汉主刘钧早就对杨家将心存疑忌。依臣愚见，如今只需派人到河东去暗施反间计，则招抚杨家将，便易如反掌。"太宗龙颜大悦，说："此计甚妙，只怕无人能去施行。"八贤王道："皇上只要派杨光美去，可保此事万无一失。"

反间计：反间计就是利用打入己方内部的敌方间谍，或收买敌方间谍，直接为己方服务，或者有意泄露假情报，让敌方间谍带回去，扰乱敌方视听，使之无法知道己方的真实情况。

杨光美在一边听见八贤王保奏他，出班奏道："臣虽不才，愿意依计前往。"杨光美接了任务后，就开始谋划此事。后来，他探知北汉大臣赵遂非常贪财，就连夜带了些金银珠宝、绫罗绸缎潜入赵遂府上。

那赵遂见了这么多金银珠宝，顿时乐得眉开眼笑。杨光美趁机说了自己的来意。赵遂早就嫉妒刘钧宠爱杨家父子，此刻他心领神会，爽快地答应了。赵遂殷勤款待了杨光美一番，才悄悄地送他返回了宋营。

送走了杨光美，赵遂在晋阳城买通了一些游民，让他们出去四处散布谣言，说杨继业父子得了宋朝许多钱财，

那赵遂见了这么多金银珠宝，顿时乐得眉开眼笑

晋祠

北宋时的晋阳指的是现在的山西省太原市。宋太宗攻下晋阳后，曾放火烧毁全城。此晋祠位于太原市西南，为宋代重修晋阳后所建，体现了宋代的建筑风格

又私下里和宋军讲和，如今正准备伺机叛汉投宋。谣言散布出去后，赵遂又派人去通知杨光美，告诉他如果杨家军前去挑战，无论如何也不要出战。

这一切，杨继业都被蒙在鼓里。他不断派人向宋军挑战，但任凭喊破了嗓子，宋军就是按兵不动。而这时，杨继业要反叛投降的消息却越传越盛。北汉主刘钧听到传言，急得像热锅上的蚂蚁，只是不停让人催杨继业出战。

赵遂见时机已经成熟，当夜单独去见刘钧，让刘钧提防杨继业父子。刘钧大惊，问道："爱卿能肯定此事吗？"赵遂说："杨继业当年和宋朝讲和，根本没有请示主公，那时就早已和宋朝暗中私通。现今陛下一再催他出战，他只是与宋军观望，全然不理会。杨继业的反叛之心，已是司马昭之心，路人皆知。此事晋阳城传得沸沸扬扬，难道陛下不知？"

被赵遂这么一撺掇，刘钧已对杨继业投宋的谣言深信不疑。第二天，刘钧就派人宣召杨继业回晋阳。

北汉主刘钧怀疑杨继业通敌叛国，命人将他推出去斩首

杨继业到了晋阳城，拜见过刘钧，还没站起身来，两边事先埋伏好的士兵就一拥而上，将杨继业绑了。杨继业毫无防备，大声惊呼："臣下无罪，陛下为什么要绑我？"刘钧骂道："杨继业，你私通宋军，密谋反叛，以为我不知吗？还敢说无罪，给我推出去斩了！"

丁贵等大臣见事情危急，急忙上前苦苦劝谏。丁贵说："杨继业父子对国家一向忠贞不二，劳苦

几经周折后，杨继业带领杨家将归顺了大宋

功高，陛下切勿听信谣言而误大事！陛下可让杨继业去与宋军一战，如若不胜，陛下再斩他不迟。”刘钧这才勉强同意了丁贵的建议，命令杨继业立即去与宋军决一死战。

第二天，杨继业派五郎、七郎兄弟俩带兵到宋营挑战，可是宋营里仍然无一人一骑出来迎战。

五郎、七郎回营报告了情况。杨继业正在忧闷烦躁之时，太宗派杨光美来见杨继业。杨光美对老令公说：“良禽择木而栖，贤臣择主而事。汉主昏庸无能，听信谗言，差点要了英雄性命，令公如今想尽忠也不能得。而宋主思贤若渴，对将军仰慕已久，况且大宋江山一统，已是大势所趋。令公何不弃暗投明，归顺天朝呢？”杨光美又劝说一番后，便起身返回宋营。

接下来的几天，刘钧又派人来督战，却不给杨家军粮草。杨家军上下议论纷纷，士兵变得斗志全无。杨继业无奈，只好让大军退守代州。

太宗又让杨光美去代州散播谣言，说因为杨家父子抗旨私逃，汉主刘钧正要联合大辽讨伐杨家军。这个消息一传开，杨家军里顿时炸了锅，乱作一团。杨继业坐立不安。七郎八虎、八姐九妹以及部将王贵一起来劝老令公归顺宋朝，建功立业。

在众人的极力劝说之下，杨令公这才下定决心，派部下去宋营请降。太宗马上召集文武大臣，一面派文臣牛思进、武将呼延赞带着厚礼去代州见令公，宣读诏书，一面准备宴席迎接令公归附。

自此，杨家军归顺大宋。没有了杨家军，北汉再无力抵挡宋军的进攻，很快被宋朝攻灭。

良禽择木而栖：“良禽择木”是孔子曾说过的话，原话为“鸟择木，无木择鸟”。此言后来演变为“良禽择木而栖，贤臣择主而事”，意思是君子应该看清哪里才能使自己的聪明才智得到最大程度的运用。

辽代陶马

这是后世出土的辽代陶马，在契丹贵族墓葬中，均有殉马或马具随葬。契丹是骑马打天下的民族，其骑兵骁勇善战，在与宋朝交战中经常取胜

第五章

太宗征辽

宋太宗招降了杨家将，灭掉北汉之后，又乘胜进发，亲自率军出兵幽州，讨伐大辽。

宋军这日攻到辽国的边境易州，易州刺史见宋军来势凶猛，自知无法抵挡，干脆开城投降了。宋太宗随即又挥师攻打涿州，涿州守将刘厚德也乖乖地出城投降了。宋朝大军长驱直入，如入无人之境，一路攻到辽国的都城幽州城下。

萧太后听说宋军兵临城下，顿时大惊失色，立即召集文武百官商议对策。萧天佑说："太后不必担忧，臣保举两人，可退宋兵。"萧太后忙问是谁。萧天佑说："大将耶律奚底、耶律沙智勇双全，可以胜任。"萧太后准奏，下令任命耶律奚底、耶律沙为正、副先锋，耶律休哥为监军，统领五万精兵，出城迎敌。

请缨：缨，带子。请缨：请求杀敌或请求给予任务。

与此同时，宋军营帐里，潘仁美也在召集诸将商议作战方略。呼延赞自告奋勇说："请让末将出阵，先去挫挫辽军的威风。"于是，潘仁美给呼延赞拨了八千员步兵。高怀德见状，也向潘仁美请缨道："末将愿前往援助呼延将军。"潘仁美也拨了他八千人马，两人得令，领兵出战。

萧太后听说宋军兵临城下，立即召集文武百官商量对策

在幽州城下，三通战鼓之后，呼延赞持鞭勒马冲出宋军大营。辽军大将耶律奚底全身

呼延赞力敌二将，毫无惧色

披挂，挥舞着大斧跃马来迎。两人相互通报了姓名，就厮杀成一团。没多久，辽将耶律沙又一骑飞奔而出，和耶律奚底合力，一起来战呼延赞。呼延赞力敌二将，毫无惧色。

正在这时，高怀德从宋军阵地里冲杀出来，挡住耶律沙厮杀。就这样，四匹战马踏得战地上尘土飞扬；南北士兵们互相用箭射击，“嗖嗖”地好像满天飞蝗。混战一直从早上持续到中午时分，还没分出胜负来。双方的战马却都支撑不住了，只好各自收兵，等第二天再战。

呼延赞和高怀德回到大营，向太宗报告说：“辽将耶律沙、耶律奚底真是两员猛将！”太宗求胜心切，不以为然地说：“你们不用担忧，待朕明日亲自出战，和他们决一胜负。”八贤王连忙上前劝阻，太宗不听，执意要出战。

第二天，天刚蒙蒙亮，辽国军营里，耶律休哥正在和众将商议作战之事，探马忽然进帐报告说：“宋军倾

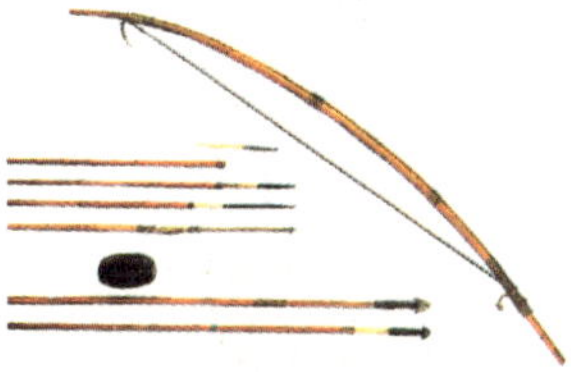

弓箭

弓是古代战争中常备的远距离攻击武器。它是由有弹性的弓臂和有韧性的弓弦组成的。在操作弓时，需先用力拉开弦，然后猛然放手，借弦和弓背的弹力把箭射出去，具有较大的杀伤力

杨延昭当胸一枪，就将兀环奴刺落马下

营出动，来和我军决战。”耶律休哥慌忙命令耶律奚底、耶律沙出阵迎敌，又派大将耶律学古带兵去截断宋军的后路。

辽军刚刚摆好阵势，就见宋兵漫山遍野冲杀下来。呼延赞一马当先，高声叫阵。耶律沙横刀跃马，直取呼延赞。两人厮杀在一起，三十多个回合过去，还分不出胜负。

这时，辽将耶律奚底也挥舞着斧子飞马冲出阵地，宋将高怀德上前抵住。四将正在厮杀，忽然宋军阵后一声炮响，辽将耶律学古带兵冲杀而来，截断了宋军的后路。宋军遭前后夹攻，一时乱了阵脚。

耶律休哥在将台上看得分明，马上派主力部队冲进宋营。宋太宗眼看情势危急，慌忙下令诸将护驾。可是此时宋军诸将都在与敌将交战，一时脱不了身。只有潘仁美在太宗身边，却只战了一个回合，就被辽将打下了马。幸好辽将一心在宋朝皇帝身上，顾不得算计潘仁美，潘仁美才侥幸从鬼门关捡回了性命。宋太宗见势不妙，赶紧冲出重围，落荒而逃。辽将兀环奴、兀里奚带兵在后面紧追不舍。在这千钧一发的时刻，六郎杨延昭纵马飞驰赶来。他追上兀环奴，交战不到两个回合，便当胸一枪将他刺落马下。

手持兵器的辽人

这是典型的辽兵形象。辽兵手中的兵器名叫骨朵，是一种安装在木柄上的蒜头状重铁器，可以重击敌人

辽兵见杨延昭勇猛难当，也顾不得宋太宗，纷纷四散逃窜。杨延昭杀散了辽兵，慌忙上前参拜太宗：“臣救驾来迟，让皇上受惊了！”只见太宗惊慌未定，马也丢了，两手空空站在汾水大坝上。杨延昭忙让太宗骑自己的马逃走，太宗却说：“你没马怎么作战？”杨延昭焦急地说：“敌兵已经攻上来了，陛下快上马走吧。我

伤了不要紧，您可是一国之君！”太宗还要再让，这时七郎杨延嗣赶来了。六郎说：“七弟来得正好，快把你的马交给皇上，让皇上骑马先走。”七郎听了，赶紧把太宗扶上了马，杨延昭保着太宗，一马当先杀出重围。这时，辽将兀里奚又拦住去路。杨延昭怒声如雷，挺枪冲上去，只一枪，正中兀里奚咽喉。杨延昭拼死冲杀，太宗在后面紧跟，两人一路突到辽军的西营，不料又被重重包围，辽军箭石如雨，实在无法冲出去了。正在这时，杨继业、高怀德、呼延赞三将冲杀过来，众人合力才将宋太宗救出，随后奔向了定州。

宋牌子金

宋代君主经常用这种纯金的牌子作为赏赐给忠臣的礼品，牌子上有制作者的名号

歇兵之后，潘仁美收拾残兵，盘点人数，才发现宋军损失了八九万人，丢失的粮草兵器更是不可胜数。与此同时，进兵之初所夺的易州、涿州也被辽军重新夺了回去。耶律休哥大获全胜，收兵回了幽州。

太宗在定州安营，众将前来拜见。太宗说：“这次要不是杨家父子，朕几乎命都保不住了。”八贤王说：“陛下吉人自有天相，只是今后不要再亲自涉险，如若兵将一时来不及救援，那可如何是好？”

太宗点头，半晌不语，随后下令封杨继业为代州兵马元帅，赏了杨继业父子缎帛二十匹、黄金四百两；又将御妹柴郡主许配给六郎为妻。之后，太宗命令全军将士养精蓄锐，等待时机报仇雪耻。

宋太宗念杨家父子护驾有功，把柴郡主许配给了杨延昭

第六章

火烧瓦桥关

契丹文字

契丹人通过与中原密切交往，创造了具有特色的文化。公元920年，契丹人参照汉字偏旁创制了契丹文字。契丹文字的创造标志着契丹族的进步

幽州会战辽军大获全胜后，辽国大将耶律休哥胃口大开，这天奏请萧太后道："臣托太后洪福，在幽州之战中大败宋军。臣以为应该趁宋军大败之际，一鼓作气，直捣汴梁，端了赵家皇帝的老窝。臣愿领兵出战，望太后恩准。"萧太后沉吟道："你的想法不错，可是宋朝人才济济，只怕万一战败，反长了敌人的志气。"

正在这时，燕王韩匡嗣说："我愿意和耶律将军一同出兵伐宋，臣等一定会成功。"

萧太后于是降下圣旨，任命韩匡嗣为监军，耶律休哥为救应，耶律沙为先锋，带领十万兵马，攻打宋朝。

萧太后下旨发兵，攻打宋朝

辽兵经过几天的行进，在离宋境遂州西北五十里的地方扎下营寨。遂州城的守将刘廷翰得到消息，忙把两员副将崔延进、李汉琼叫来商议对策。刘廷翰说："辽兵来势汹汹，我们如何对付才好？"

崔彦进说："辽军骁勇善战，硬拼只会两败俱伤。依我看，我们不如用诈降计，先把他们诱骗进城，再来个关门打狗！"

刘廷翰说："此计不错，只是辽军会相信我们投降吗？"

李汉琼说："我们可以先给他们献些粮草，表示诚意，就由不得他们不信了。"

刘廷翰大喜，立即派人去向辽军献粮请降。韩匡嗣见宋兵来请降，欣喜万分，当

即就要带辽兵进城。

耶律休哥劝阻道：“我看宋军气势不弱，还未交锋就投降，恐怕其中有诈，元帅不可轻信。”

韩匡嗣刚愎自用，他说：“他们若不投降，白白送我粮草做什么？将军多虑了！”说罢便领兵去遂州城受降。

韩匡嗣耀武扬威地来到遂州城下，只见城门大开，吊桥也已放下。护卫刘雄武警觉，对韩匡嗣说：“元帅不可轻易进城，我感觉四周似乎有埋伏，我们若不马上撤退，恐怕会中他们的奸计。”

韩匡嗣听了刘雄武的话，猛醒过来，急忙传令后军慢进。但是命令还未传到后军，只听数声号炮响起，宋将李汉琼带着伏兵冲杀出来。韩匡嗣大惊失色，连忙勒转马头逃命。李汉琼提刀赶来，辽将刘雄武上前挡住。两骑相交，战不数合，刘雄武就被李汉琼一刀劈于马下。宋兵乘胜追杀，辽兵狼狈逃窜，丢下的辎重不计其数。

韩匡嗣耀武扬威地来到遂州城下，只见城门大开，吊桥也已放下

正在这时，耶律沙赶来了，他护送着韩匡嗣向辽军大营逃去。二人还没跑出几步，就被宋将崔延进截住了去路。耶律沙见宋兵声势浩大，不敢恋战，只好和韩匡嗣拼命向外突围。此时，刘廷翰也从南门绕了过来，与崔延进一同合兵追击辽军，辽军死伤无数。

辎重：辎，古代的一种车。辎重是指行军时由运输部队携带的军械、粮草、被服等物资。

经此一役，辽军元气大伤，无力再去进攻宋朝边境，韩匡嗣只好和耶律休哥率兵回了幽州。

萧太后见耶律休哥大败而归，气不打一处来，厉声质问道：“你当初是怎么夸下海口的？现在刚刚出师，

萧太后火冒三丈，喝令左右立刻把韩匡嗣拉下去斩了

还没遇见宋军主力，便这样狼狈而归！”

耶律休哥只好将遂州守将刘廷翰假降，辽军受骗的事说了一遍。萧太后听罢大怒，说：“你们这么多人，难道没有一个人识破敌人的奸计？竟让全军跟着上当！”

耶律休哥无可奈何，只好说：“臣下曾劝说韩元帅，但韩元帅说是臣下多虑。”

萧太后一听，气得火冒三丈，喝令左右立刻把韩匡嗣拉下去斩了。耶律沙等大臣纷纷上前求情，萧太后这才稍微消了气，收回成命，把韩匡嗣革职，贬为平民。

随后，萧太后把耶律休哥升为主帅，任命耶律斜轸为监军，让他们带了十万精兵，继续出师伐宋。

宋太宗闻报辽兵又来侵犯，召集大臣们说：“遂州是幽、燕两州的咽喉，地理位置非常重要，此州一失，则泽州、潞州也将不保。依你们看，去援救遂州，谁能堪此重任？”

杨光美奏道：“杨继业父子归顺大宋以来，一直等待时机为朝廷立功。他父子英勇善战，派他们出征，定能不辱使命。”太宗龙颜大悦，准了杨光美的奏本，命杨继业带兵五万，前去遂州救援。

杨继业接了圣旨，任命长子杨渊平为监军，自己和杨延德、杨延昭带兵，马不停蹄，日夜兼程，带兵赶到了遂州。遂州军士听说杨家军前来救援，无不欢欣鼓舞。

第二天，杨家军便摆开阵势，准备与辽兵大战一场。帅字旗下，杨令公披挂整齐，提刀在手，左边有大郎、二郎、三郎、四郎，右边有五郎、六郎、七郎、八郎，一字排开，威风凛凛。

杨家军刚摆好阵势，就见前面尘土飞扬、旌旗蔽

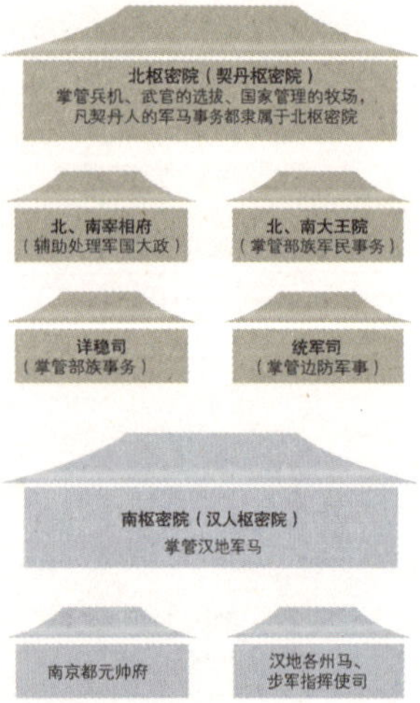

辽朝的兵制体制

辽朝的兵制体制体现出高度中央集权的性质，由皇帝亲掌最高兵权，下设北、南枢密院，分掌契丹人、汉人的军马事务，出现一个朝廷两种军事体制并存的局面

日，一员辽将带着大军冲将过来。杨继业定睛一看，来人正是辽军中有名的将领耶律沙。耶律沙冲过来，勒马问道："前面宋将是谁？报上姓名。"

杨继业哈哈大笑说："不知天高地厚的毛贼，敢在这里寻衅，你今日死到临头，还敢问别人姓名吗？"

耶律沙大怒，向自己阵里喝道："谁先出战，抢个头功？"骑将刘黑达闻声出马，举刀来战杨继业。五郎杨延德纵马飞出，抡斧接住刘黑达。刘黑达哪里是杨延德的对手，交战只七个回合，杨延德故意卖个破绽，掉转马头，绕阵便走，刘黑达纵马来追。当他正好与杨延德马尾相接之时，杨延德举起利斧，回马一劈，便将刘黑达连头带盔砍落马下。

杨继业乘机下令大军冲进敌人阵地。耶律沙抵挡不住，掉转马头便逃。杨继业率兵一路冲杀，辽兵大败。这时，刘廷翰也领兵杀了出来。辽将耶律斜轸只好下令全军拔营奔瓦桥关而去。

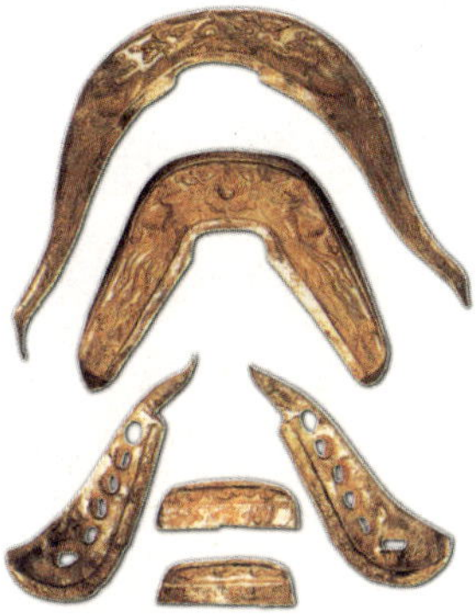

辽国银制马具

契丹人以鞍马为家，对马具的制作极为讲究。图中马具由银制成，采用了雕、镂等多种工艺，做工精美

帅字旗下，杨家将一字排开，威风凛凛

杨延德举起利斧，将辽将刘黑达砍落马下

杨继业对刘廷翰说："兵贵神速，耶律休哥智勇双全，我们不能给他喘息的时间。如今进兵，定能打得他措手不及，将军不必担心，只管进兵就是。"

刘廷翰听了，也觉得有理，于是带领军队，在杨继业的指挥下直奔瓦桥关而去。

此时的辽军大营里，耶律休哥和耶律斜轸自知不是杨家将的对手，所以下令诸将坚守关口，按兵不动。

宋朝大军追到瓦桥关后，就在辽军营外挑战，可不论怎么叫骂，耶律休哥都不肯出来迎战。杨继业率军一连攻打了十几天都不能成功。

这天，杨继业带着随从出营侦察地形，他见瓦桥关左边一带全是荒草，而辽军的粮草就囤积在这里；右边通黑水，是辽兵的扎寨之所，他立即灵机一动，计上心来。

这天夜里，杨继业命人在瓦桥关左边找到一条小路，让杨延德带领五千步兵，脱去军装，打扮成老百姓的模样，埋伏在辽军粮库附近，待两军一交战，便放火烧辽军的粮草。接着，杨继业又命杨延昭带五千人马，假装乘夜偷渡黑水，待辽军派兵袭击时，便马上退回岸上。最后，杨继业对刘廷翰说："你与崔延进带领人马，等杨延昭从黑水退到南岸时，沿途接应。此时敌人左营定会起火，敌右边之军又正在渡河，你们就和延昭一同

宋朝大斧

古代将士作战时的常用兵器，可用来劈、砍敌人。图中的宋朝大斧，是中国古代最大的斧，需要用双手操控

杀过去，定可大获全胜。”各人依计行事。

这时，耶律斜轸正在军营里和诸将饮酒。忽然，探马报称宋军正准备泅渡黑水。耶律斜轸当即命令耶律高带兵守在黑水北岸，等宋军渡到黑水中心时出击。接着，他又派辽将耶律沙、韩暹各带一万精兵，出关去偷袭宋营。

杨延昭的士兵正在泅渡黑水，还没到河中心，耶律高的部队就杀下河来。杨延昭率部扭头退回南岸，耶律高紧紧追来，却被刘廷翰等宋将围住杀死。

此时，耶律沙和韩暹也带兵冲向了宋军大营。刚到半路，突然望见背后自己的左营里火光冲天。这突如其来的变化，将辽军惊得目瞪口呆。耶律沙情知中计，正要回兵，已被刘廷翰、杨延昭截住。辽军纷纷弃营而逃，丢下兵器辎重不计其数。耶律休哥和耶律斜轸见大势已去，只好弃关逃奔蓟州，宋军一举占领了瓦桥关。

宋军火烧瓦桥关，打得辽兵一败涂地

五台山

五台山位于山西省五台县境内，分别有东西南北中五座高峰，当地人称之五台，是著名的佛教圣地。北宋诸帝崇奉佛教，使五台山佛教得以发展和兴盛

宋太宗在佛殿里的香案前拈香祷祝

第七章

浴血邠阳

这天，太宗皇帝忽然想起驾去五台山烧香还愿。八贤王劝阻道：“五台山和辽国接壤，如今宋辽战事未宁，倘若皇上起驾的消息被辽兵知道，到时谁来保障皇上的安危？”太宗听了，半晌默然不语。

这时，潘仁美奏道：“代州刺史杨继业长子杨渊平智勇双全，有他护驾，可保皇上安如泰山。”

太宗听了，龙颜大悦，即刻下令任命杨渊平为护驾大将军，带了两万禁军，迤逦向五台山而来。

太宗一行车驾在杨渊平的护送下，一路行来。这天到了五台山脚下，住持智聪方丈早带着众僧在山外迎候。众人跟着僧人们来到方丈内，太宗在寺内的龙椅上坐定，叫司仪官在香案上摆好香烛供品，这才来到佛殿内。僧人们敲起钟鼓，太宗拈香祷祝道：“朕此次前来，一为苍生祈求太平，二祈皇图巩固，四海清宁。”祷祝仪式结束后，太宗在元和宫用斋留宿。

第二天，大臣们奏请太宗皇上起驾还京。太宗说：“朕平日深居皇宫，难得出来一趟，众爱卿就陪朕暂留一天，好看看五台山的景致。”大臣们不敢阻拦，只好跟着太宗一起上山游玩。

太宗让慧聪在前面引路，带着众大臣出了寺院。来到山顶，只见奇峰峻岭，美不胜收，太宗连连赞叹，指着一个野草连天的

太宗率众人在山顶观赏美景

地方，向众人问道："那是什么地方？"潘仁美说："那里就是幽州，风光美好，无可匹敌！"太宗听他这么一说，就动了去幽州游玩的念头，说："既然如此，众爱卿就陪朕去幽州游玩一回。"八贤王急忙劝阻道："万万不可！幽州是辽主萧太后的地盘，陛下前去，无异于自投罗网。如今速速起驾还京，方是上策。"

太宗听了八贤王的话，很不以为然，说："朕有千军万马护驾，莫非还怕她萧太后不成！你们不要多虑，只管跟朕前去。"大臣们不敢再劝。一行人即日出发，不久就到了邠阳地界。这时，忽见前面尘土飞扬，旌旗蔽日，辽将耶律奇带着一队番兵，拦住了宋朝君臣去路。

太宗忙问："谁可前去探视？"杨渊平应声而出，奏道："待臣去捉了这番将回来！"说罢，挺枪纵马，带着士兵冲杀上去。耶律奇手提大刀，骑在马上厉声喝道："宋人赶紧退去，饶你一死！"杨渊平大怒，挺枪向耶律奇便刺，耶律奇舞刀接住，两人厮杀成一团。耶律奇哪是杨渊平的对手，渐渐招架不住，他虚晃了一

萧太后令天庆王耶律尚带一万精兵去邠阳活捉宋太宗

招，拨马就逃。宋兵乘势追杀，辽兵大乱，四散逃窜。杨渊平回见太宗，太宗得知辽兵被杀败，龙颜大悦，带领大臣们进驻邠阳城。

耶律奇带着残兵败将逃回幽州，向萧太后禀报了情况。萧太后听后，冷笑一声道："好大的胆子！我本想出师讨伐，没想到他倒自己送上门来了。"说罢，下令天庆王耶律尚带一万精兵去邠阳活捉宋太宗，大将韩延寿同行助战。

耶律尚带兵来到邠阳城下，命大军把邠阳城围得水泄不通。太宗眼见被困，后悔莫及。

这时，耶律尚亲自督战，命令辽兵加紧攻城。城下喊声雷动，太宗在城里听了，登上城楼一看，只见下面黑压压全是辽兵。太宗骇然心惊，对身边大臣说："这么多的人马，我们如何才能脱离这里？"只听潘仁美奏道："皇上不要惊慌，杨继业的人马驻守代州，就与幽州临境，皇上派人去召他前来，肯定能够退敌。"可是，派谁去突围求救呢？太宗正在为难，杨渊平挺身而出，说："臣愿前往。"太宗大喜，立即写了一道谕旨，交给杨渊平。杨渊平藏好谕旨，提枪上马，命人打开东门，冲杀出去。辽兵上来阻拦，杨渊平舞动花枪，犹如蛟龙出水，杀出一条血路，纵马直奔代州而去。

谕旨：专指封建时代皇帝对臣子下达的命令、指示，也称圣旨。

杨渊平来到代州，把圣旨呈给父亲，向他说明了情况。杨继业眼见情势危急，即刻点兵起程，父子几人率兵直奔邠阳而来。

杨继业父子来邠阳救驾的消息传到辽军大营，天庆王耶律尚召集众将商议道："杨继业是我们的劲敌。此次他父子来救驾，必是准备决一死战，我等谁能抵挡！

如今之计，不如先撤退兵马，放他们进城，然后再长期围困，不消一个月，定能将他君臣困死在城里。”众将都觉得此乃上策，于是下令所有兵马，撤退五里扎营。

杨继业来到邠阳，发现辽兵不战自退，知道其中必定有诈。但皇上被围困在城内，事态紧急，杨继业来不及考虑太多，就带兵先进了城。

宋太宗见杨继业父子到了，已是喜不自胜，又闻报辽兵已经退兵，更是喜出望外。杨继业奏道：“辽兵不战而退，其中必然暗藏奸计，不久定会回兵来围。陛下还是快快整顿车马，跟着为臣父子拼死杀出。”太宗说：“朕明日一定回驾。”太宗话音未落，忽然探马来报，说番兵又将城池团团围住。太宗大惊道：“果然不出爱卿所料。”

第二天，杨继业带着儿子们登上邠阳城的敌楼观望，只见四面八方的辽兵屯扎得严严实实。杨继业叹息道：“这样的坚兵，即使我们父子能杀出重围，也保证不了皇上的安危。如今只有一计可救皇上，只是难得誓

塞门刀车复原图

这是一种木制的两轮车，是古代用来守城的有力武器。该车与城门等宽，车前排布利刃，这样使敌方很难攀援，从而形成活动的壁垒

杨家军声势赫赫，冲进邠阳城

古代的攻城器械——云梯

云梯是中国古代常见的攻城器械。有的云梯，其下带有轮子，可以推动行驶，故也被称为“云梯车”，配备有防盾、绞车、抓钩等器具；有的带有滑轮等升降设备

死尽忠之人。”杨渊平说：“若有计可施，孩儿情愿舍命执行。”

杨继业听大郎这么说，便领他去参见太宗，奏道：“敌兵太过强大，此地不可久留。如今之计，只有让杨渊平假扮皇上出西门诈降，以拖延时间，我来护送皇上从东门冲出重围。”太宗说：“你父子入朝以来未沾大恩，朕怎忍为了一己之私，让你父子骨肉分离？朕不能答应！”太宗话未落，守城士兵来报告，说敌人已攻上了城墙。杨渊平拜倒在地：“陛下不要再犹豫了！”太宗无奈，只好答应。他脱下龙袍，和杨渊平换了装束，然后派人去辽营献降书。

第二天一早，杨渊平假扮宋太宗，乘着皇辇，在众人的簇拥下缓缓走出西门。辽国军队偃旗息鼓，纷纷来看宋朝皇帝的真面目。正在这时，杨渊平吼声如雷，跳出皇辇，扬手一镖，正中辽将耶律尚的咽喉。辽兵见状一起冲杀过来。混战中，杨渊平被韩延寿一枪刺死。二郎杨延定赶上去想救大哥，却被耶律奇截住砍断了马腿。二郎跌下马来，被辽兵铁骑踩踏而死。三郎杨延辉突出重围后精疲力竭，也被辽兵所杀。四郎杨延朗被辽兵生擒活捉。

杨渊平跳出大轿，扬手一镖，正中辽将耶律尚的咽喉

杨继业护驾刚走到东门，就听见西边杀声四起。他无暇顾念儿子们的安危，快马加鞭向前赶路，保着太宗、八贤王逃回了汴梁。

再说五郎杨

杨继业父子保着太宗、八贤王逃出了邠阳

延德杀出重围后，猛然想起在五台山时，智聪禅师曾赠送给他一个小匣子，让他随身携带，遭遇大难时才能打开。杨延德连忙从怀里取出匣子，打开一看，只见里边放着一把剃刀、一张度牒。杨延德顿时明白，随即脱去战袍，剃了头发，装扮成和尚模样上了五台山。

度牒：旧时官府发给和尚、尼姑的证明身份的文书。

四郎杨延朗被捉回幽州，萧太后让人将他解来，亲自问他的姓名和职务。四郎毫无惧色，厉声答道："既然被擒，只求一死，何必多问！"萧太后大怒，当即下令把杨延朗推出去斩首。

杨延朗面不改色，昂然道："大丈夫岂能怕死？要杀便杀！"

萧太后一向爱惜人才，见杨延朗仪表堂堂，又如此慷慨激昂，不由动了恻隐之心，便和萧天佐商议，决定招杨延朗为驸马，让他为大辽效力。

杨延朗接了萧太后谕旨，心想，如今被俘，死也无济于事，不如先答应她，再寻机会报仇不晚。于是杨延朗假称自己叫木易，之后和萧太后的女儿琼娥公主成了亲。

契丹族金银器

这件金银器的形状和装饰花纹保留了骑马民族的风格，是辽代金银器中的精品

第八章

杨继业殉国

邠阳之战后，耶律休哥上奏萧太后，建议乘胜进兵中原。萧太后召集群臣商议征讨事宜，右丞相萧挞览主动请缨，要求出战。

萧太后说：“这次出兵，可以先向宋朝索要几块富庶的地方，让宋帝让出来给我们屯兵。他若答应了，我们就收兵，如若不然，我们便大举伐宋。”

萧挞览领旨，当日就和大将韩延寿、耶律斜轸领兵两万，浩浩荡荡从瓜州南下，开赴边境，在胡燕原扎下了营寨。这时，宋朝的探马已经将辽兵出动的消息上报了汴梁。太宗闻言大怒道：“辽兵屡次犯边，朕此次要御驾亲征，以雪洗邠阳被困的耻辱。”

辽国派人向宋朝索地，太宗闻言大怒，要御驾亲征，以雪邠阳被困的耻辱

八贤王等人听太宗这么说，慌忙劝阻。八贤王说：“皇上车驾才回，不能轻动。太师潘仁美熟知边情，皇上可派他出兵退敌。”

太宗这才平息了怒火，降旨任命潘仁美为招讨使，带兵去退敌。潘仁美武艺稀松，见太宗不给他配备大将，心里打起了鼓。随后他眼珠一转，心里便想到一条奸计，他向太宗请求把杨继业召回来给他做先锋。太宗准奏，下旨召杨继业回京，并封他为行营都统先锋。潘仁美看奸计得逞，心中暗喜，心想，如今杨继业捏在自己的手里，要报杀子之愁又有何难？

杨继业回到家后，向佘太君说了出征之事，佘太君得知潘仁美是主帅，顿时满脸堆起愁云，郁郁不乐地说：“此人和我杨家有过结，他耿耿于怀，一直寻找机会报复。如今大权在他手里，只你父子三个，难保不会遭他陷害。”

这时，儿媳柴郡主走过来，对佘太君说：“婆婆不要着急，媳妇明日就上朝去奏请皇上，让他派一人与公公一同出征，潘仁美就不敢对公公不利了。”

第二天，柴郡主就和佘太君一起去朝见太宗。佘太君奏道：“听说陛下要派兵抗辽，只是先锋与主帅向来不和，恐怕此行对其不利，望皇上念其父子对国家的忠心，善遇他们！”

柴郡主请求太宗选一位德高望重的大臣保自己的公公出征

太宗说：“此乃国家大事，他人去恐不能成功。老太君可有良策？”

柴郡主说：“陛下若执意要我公公跟潘仁美出征，须选一位德高望重的大臣保他同行，如此一来，我们就没有顾虑了。”太宗觉得妹妹说得有理，就下旨任命呼延赞为监军，随杨继业一同出征。杨继业听说有呼延赞作监军一同出征，心中稍安，这才奉圣命先去雄州调集兵马。

监军：古代官名。始称监军使者，简称监军，也叫监军事，一般都是被临时差遣，代表朝廷协理军务，督察将帅。

潘仁美率领大军离开汴梁，不几日就来到黄龙隘，在那里扎下营寨。潘仁美本想大权在握，轻轻松松便能算计杨继业，谁知又来了个呼延赞。潘仁美懊恼之余，就想先除了呼延赞，再整治杨继业。

这天，辽兵来宋军阵前挑战，呼延赞自告奋勇出阵

潘仁美借口杨继业贻误战机，命人将他推出去斩首

迎战。潘仁美心里暗喜，装出诚恳的样子说："那就有劳将军先出阵，我率军随后接应。"呼延赞披挂齐整，挺枪纵马，冲出宋营。辽将萧挞览挺刀杀来，不几个回合，萧挞览渐渐力不能支，他拨转马头就走。呼延赞纵马追击，追了一段，忽然发现潘仁美并没有派兵来接应，自己身后，辽兵却已纷纷聚拢过来。呼延赞急忙勒转马头，想赶回本营。他刚转到一片树林边，只见辽将耶律斜轸带着一队人马冲杀过来。呼延赞奋勇向前，杀退了耶律斜轸。但回头一看，后面的辽兵又密密麻麻围了上来，另一边，萧挞览也领兵杀了回来，呼延赞腹背受敌。正在这时，正东面忽然杀来一队人马，呼延赞一看，原来是杨继业领兵赶来救援。

杨继业挥舞大刀，手起刀落，就砍死了一名辽军大将。辽兵见此情景，乱作一团。杨继业乘势率军冲入重围，把呼延赞救回大营。

潘仁美本想先除掉呼延赞，没想到却被杨继业打乱了自己的如意算盘，一时恼恨不已。等杨继业进了营帐，潘仁美把脸一沉，问道："救兵如救火，你身为先锋，为何贻误战机？"杨继业道："皇上派我回雄州调集兵马，十三日起程，所以来迟了。"

潘仁美哪容他分说，高声骂道："你延误军令，还要拿皇上来搪塞。来人啊，给我拉下去斩了！"几名军

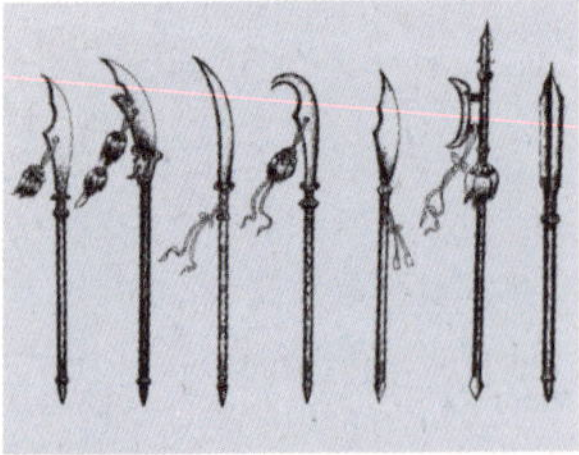

长柄大刀

北宋冷兵器多承袭唐、五代风格，并吸收了一些少数民族的器形，种类和形式比较复杂多样。图中大刀均为长柄刀，有屈刀、戟刀等，是古代主要的长兵器

士闻声而上，把杨继业推出了帐外。

杨继业高声叫道：“我死不足惜，大敌当前而杀良将，潘仁美你置社稷安危于何地？”

杨继业的喊声未落，呼延赞已经接到报告快马赶到中军大帐，他见到潘仁美，破口就骂：“老贼，你身为主帅，我昨日与辽军交战，你不发一兵一卒救援，若不是杨将军，我早已丧身敌手。你不给杨将军记功，反要杀他。实话告诉你，临行前，圣上亲赐我一把金锏，专给我保护杨家父子回京之用。你若敢动他一根寒毛，休怪我翻脸不认人！”潘仁美吓得大气都不敢出一声，只好命人把杨继业放了。

潘仁美眼看一计不成，又生一计。这天，他借口营里粮草不够，把呼延赞支回汴梁催粮。呼延赞放心不下杨继业，但催粮也是军中要事，军令难违。他只得再三叮嘱杨继业，如果敌人来挑战，一定不能出战，要按兵不动，等他回来。杨继业点头答应了，呼延赞这才带人返回汴梁。

潘仁美见呼延赞终于走了，喜不自胜，急忙差人去向辽军下战书。

这时的辽营里，萧挞览已经知道了宋军将帅不和，便想利用他们之间的矛盾克敌制胜。

萧挞览对耶律斜轸说：“离这里不远有个陈家谷，山势险要，你领兵去埋伏在里面。”又对耶律奚底说：“你明日领兵一万，出阵去把杨继业引进陈家谷。”分拨已定，萧挞览就派人向宋营回了战书。

潘仁美收到战书，就让杨继业出战。杨继业起先坚辞不出，但是辽军那

锏

古代短兵器之一，也称“简”，多为铜或铁制，由锏把和锏身组成。锏把有圆柱形和剑把形两种；锏身多为正方四棱形，无刃。锏多为双锏使用，主要用法有击、刺、点等

呼延赞闯进帅帐，指着潘仁美破口大骂

宋朝抛石机

抛石机是一种能够抛射石弹的大型抛掷远射冷兵器。它由木架和可以转动的轴、梢、长索等组成，射程可达数百步，用于打击距离较远的敌人

边越叫越凶，潘仁美这边越催越急。杨继业情知拗不过，只好说："陈家谷地势险要，敌人恐怕会有埋伏，我明日出战时，你务必派兵在那里接应，否则全军难保。"潘仁美答应了。

第二天一早，杨继业和六郎、七郎刚刚摆好阵势，就看见辽兵漫山遍野地涌来。辽将耶律奚底一马当先，抡着大斧杀来。杨继业舞刀迎战，只战了几个回合，耶律奚底拨马便逃。杨继业见前面是平原，便随后紧追。追了一程，杨继业一抬头，猛然见前面已经到了陈家谷，不由吃了一惊，连忙勒转马头想退回去。可哪来得及，只听山上号炮声起，杀声震天，耶律斜轸带着伏兵从山坡上纷纷冲杀下来。

杨继业只当谷口有宋兵接应，回头一看，却连一个宋军的影子都不见。杨继业大惊，连忙率军往回冲杀，然而谷口已经被耶律斜轸堵死了。这时，耶律奚底也回马杀来，和耶律斜轸合兵一处，将杨继业团团围住。

杨继业的人马被困在了陈家谷内

六郎、七郎发觉父亲被围困，拼死冲进去营救。但两边山坡上辽兵万箭齐发，山上箭石齐下，哪冲得进去。

六郎见情势危急，对七郎说："你快快杀出重围，回营去求潘招讨发救兵，我杀进谷口去营救爹爹。"七郎闻言，奋勇杀出重围而去。

六郎见七郎走了，一声怒喝，吼声如雷，奋勇杀进了重围，迎面正遇见父亲。杨继业见了六郎，高声叫道："敌兵太多，我们父子不能同时被擒，你快冲出去！"六郎哭叫道："孩儿冲开血路，救爹爹出去！"说完，举枪奋战，向前冲杀。不料萧挞览从旁边攻进来，将宋兵截成了两段。六郎回望父亲，见他没有出来，想再次杀进去营救，可是身边的兵将已经死光了，只剩他孤身一人。六郎万般无奈，只好奔向南路去等救兵。

杨令公一头撞在石碑上，顿时鲜血飞溅，含冤而死

这时的杨继业已经与辽兵鏖战多时，征袍全被鲜血染红了。他登到高处，举首四望，只见四面八方密密麻麻全是辽兵。杨继业仰天长叹，他想到自己驰骋疆场，身经百战，一向攻无不克，战无不胜，现如今却被奸臣所害，身陷重围，不免心中愤恨。

老令公想到膝下本有八子，个个生龙活虎，但邠阳一战，六个儿子战死沙场。如今六郎和七郎又生死不明，倘若有个好歹，岂不断了杨家的香火？况且留下满门寡媳，又让她们去依靠何人？他回眼又看到眼前的几百名部下，个个身带重彩，疲惫饥饿，又如何能杀出重围？

老令公钢牙一咬，心中暗想：“人生在世，终有一死，老夫此番为国捐躯，也算死得其所。不过，我若不趁早自决，一旦被辽兵生擒，定然遭受奇耻大辱。”

老令公想到这里，对部下说道：“众位将士，都是杨某之过，让你们身陷绝境，我十分惭愧。身为大将，如今惨败，我无颜去见圣上，唯有以死报国。你们各有父母妻子，需要养老抚幼，不要和我一起死在辽兵之手。你们可以沿山后寻路，找机会逃生去吧。”

众部将声泪俱下，哭道：“将军为国才至此地步，我等岂能忍辱偷生？”众人簇拥着杨继业走到一座破庙前，只见地上立着一块石碑，上面刻着“李陵碑”三个字。杨令公百感交集，脱下金盔，一头撞在石碑上，顿时鲜血飞溅，含冤而死。

李陵：字少卿，今甘肃秦安人，西汉大将，汉将李广之孙。李陵擅长骑马和射箭，对士兵非常爱护。他在同匈奴作战时被部下出卖，战败而降，后病死在匈奴。

第九章

七郎遇害

宋刻画银盘

宋代官员生活奢华，日常用具都要用做工精美的金银器皿。图中银盘呈花状，盘内底部雕有精美的人物及场景图案，做工相当精美

七郎回到宋营搬救兵，还没走进中军大帐，只听帐内猜拳行令的声音响成一片。七郎进了大帐，只见杯盘狼藉，潘仁美正在饮酒作乐。七郎气得浑身发抖，忍了又忍，高声对潘仁美说："我父兄被番兵困在陈家谷，危在旦夕，请元帅赶紧发兵营救，否则，眼看就要全军覆没！"

潘仁美见七郎回来，先是吃了一惊，心想这小畜生怎么还没死。继而，他阴阳怪气地说："杨继业不是素称'无敌'吗，怎么今天刚刚开战，就要老夫发救兵了？"七郎气得七窍生烟，厉声说："元帅只给了我们五千人马出战，说随后接应，谁知事到临头却出尔反尔，不发一兵一卒。你要我们父子和十万辽兵作战，天底下哪有这样的道理？"

七郎进了大帐，只见潘仁美正在饮酒作乐

潘仁美大怒道："小畜生，你竟敢数落起我来了！你今日身犯二罪：不等通报，擅闯帅帐，其罪一也；身带凶器，心怀叵测，其罪二也。"

七郎听罢，破口大骂道："潘仁美，你这个老畜生！你让我父子到敌前送死，自己却在这里寻欢作乐！你这老匹夫，你爷爷我要能活着回来，定然将你千刀万剐，方泄心头之恨！"七郎说完正要出帐，潘仁美喝道："刀斧手何在？"一群彪形大汉顿时一拥而上，直向七郎扑来。

七郎气昏了头，剑也忘了拔，赤手空拳地一阵乱打，无奈势单力薄，最后被五花大绑，推出了帐外。七郎一路骂不绝口，潘仁美气得哇哇大叫：“杀！杀！杀！”

潘仁美让人万箭齐发，把七郎射死在乱箭之下

潘仁美命人把七郎绑在一棵树上，自己站在七郎对面，拈弓搭箭，狞笑着说：“小畜生，竖起你的狗耳听着，老夫今日要将你万箭穿心，以报杀子之仇。”

七郎这时才恍然大悟：原来潘仁美早已经知道是他杀死的潘虎，今日命自己父子出战，完全是预先设好的圈套。七郎知道自己今天不能幸免于难，更可惜的是父亲和哥哥生死不明，杨家以后难免还会遭到潘仁美的陷害。想到这里，七郎不禁怒火万丈，他咬牙切齿地骂道：“潘仁美，你这老畜生，你爷爷我在九泉之下，也要变作厉鬼，勾你到阴曹地府算账！”

九泉：我国古代常用“九”表示多、大、极的意思。九泉便是指深不见底的地下，极言其深。后来指人死后埋葬的地方，迷信的人指阴间，也作黄泉。

潘仁美气急败坏，“嗖嗖嗖”三箭，全射在七郎前胸，七郎仍然骂不绝口。潘仁美随即命众人一齐放箭，霎时，七郎身中数箭，登时气绝身亡。

潘仁美见七郎死了，又叫人在他的尸首上绑上石头，秘密扔进了黄河。潘仁美处理完七郎，刚回到大帐，忽然探马来报：“杨继业已经触碑身亡，番兵向大营杀来了！”潘仁美大惊失色，心想：“辽兵人多势众，锐不可当，如不赶快撤退，肯定被他们活捉。”他立即下令全军拔营撤退。

辽兵乘势追杀，宋军惨败。

六郎抱着父亲的尸首，不禁放声大哭

再说六郎杀出重围，等不到救兵，就沿着黄河返回。忽然他看见上游漂下来一具尸首，身上插满了箭。六郎捞起来一看，认出来是七郎，顿时心如刀绞，仰天号泣。六郎看到其中有的箭杆上刻有一个“潘”字，料想七弟必是被潘仁美那狗贼所害，他心想：我父子一心尽忠报国，却遭到这样的劫难。他一边骂，一边哭，一边在黄河岸边掘土，把弟弟的尸体掩埋了。

掩埋了七郎，六郎又去探听父亲的消息。他沿着小路赶到胡原谷，只见山谷里重重叠叠堆满了宋军的尸体。六郎找到李陵碑前，只见父亲的尸体横卧在地上。六郎抱着父亲的尸体，放声大哭：“皇天啊，你难道瞎了眼？为什么让我父子遭遇这样的不幸啊！”六郎一边哭，一边用剑掘开谷里的沙土，把父亲的尸体掩埋了，临走在坟头插了一截断矛做标记。

六郎悲伤过度，加上又饿又累，头昏眼花。他刚要转身，忽然四周围上来一群辽兵，为首一员辽将高声呼喝。杨延昭满腔悲愤，正无处发作，冲上去一阵乱打乱杀，但渐渐寡不敌众，力不能支。正在这时，山后突然冲出来一个人，手提大斧，一顿砍杀就把辽兵打散了。六郎定睛一看，这人不是别人，竟是在郃阳失散的五哥杨延德！原来，五郎在五台山上听说宋辽两军正在陈家谷打仗，便下山来想看个究竟，不料正遇上六郎。兄弟二人在这样的情境下重逢，悲喜交加，抱头痛哭。

杨延德忍住悲声，对六郎说：“此地不宜久留，贤

矛头

矛头是矛的最尖利部分。矛由青铜或铁质矛头和木质矛杆两部分组成，可作刺杀等动作，是古代战争中最常用的冷兵器之一。图为各种形状的矛头

弟先跟我上山，再从长计议！”两人上了五台山，六郎哭着向五郎诉说了父亲和七郎惨死的情况。杨延德不胜悲痛，说：“至亲之仇，不可不报！”六郎说：“小弟已经决定了，明日就赶往汴梁，让皇上为父亲和弟弟申冤。”当晚，六郎在寺里住了一宿，第二天辞别哥哥，向汴梁而去。

潘仁美听说杨延昭逃走了，预料到他要上京告状，索性一不做，二不休，派部下陈林、柴干沿途追杀。

这天六郎来到一片山林，忽被二十几个人拦住去路，为首的两人正是潘仁美的部将陈林、柴干，六郎不由大吃一惊。不料两人却拱手拜道：“杨将军不必惊慌，我们是来搭救你的，已经在此等候多时了。”

蝇营狗苟：比喻为了追逐名利，不择手段，像苍蝇一样飞来飞去，像狗一样的不知羞耻。

原来，这两人虽是潘仁美的部将，却都是忠义之士，对潘仁美的蝇营狗苟早就看不惯，如今见杨家遭潘贼陷害，便利用职务之便，冒死来搭救六郎。在陈林、柴干的护送之下，六郎安然逃过了潘仁美的追杀。

陈林、柴干来搭救杨六郎

辽代文官形象

图中辽代文官头戴乌纱帽，身穿长袍，双手拱于胸前，除面容外，其装束几与宋朝文官无异。这说明辽吸收了许多汉族的文化和制度，以适应其封建化的需要

第十章

六郎告御状

潘仁美做贼心虚，听说杨延昭跑了，急得坐立不安，手足无措。情急之下，他决定恶人先告状，于是赶写了一份奏折，诬陷杨继业不听号令、邀功贪战，终致全军覆没。写完奏折，潘仁美派人星夜递了上去。

六郎在陈林、柴干的帮助下，顺利逃出了潘仁美布下的重重包围。他马不停蹄，这一天来到了宋境的雄州地界。此时正是五月，天气炎热，六郎又热又渴，便就近来到一棵树下歇脚乘凉。这时，对面忽然走来一个书生模样的人。六郎见这人相貌儒雅，便上前搭讪。两人互相通报了姓名。这人告诉六郎，他叫王钦，是去汴梁求取功名的。随后，二人一起投宿到一家客店里。

六郎偶然遇到辽国派到宋朝做卧底的奸细王钦

夜里，六郎和王钦一起喝酒聊天，聊到投机处，六郎便把自己一家的遭遇告诉了王钦。王钦听了六郎的话，自告奋勇替六郎写了张状子。六郎接过状子一看，只觉措辞激切，婉转悲壮，六郎感激万分。第二天，两人又一起上路，赶往汴梁。

其实，这个叫王钦的书生是辽国派到宋朝来做卧底的奸细。他本是汉人，因为战乱，辗转流落辽国，在萧太后身边做侍从。王钦天生聪明伶俐，诡计多端。他饱读史书，天文地理、诗词歌赋、运筹权变无一不通，深得萧太后喜爱。萧太后为灭宋朝，费尽了心机，而杨家将一向是她最忌惮的心腹大患。如今听说杨继业父子被潘仁美害死，萧太后欣喜万分。

而恰在此时，王钦又向萧太后献上一条计策：由他假扮成中原学者，混进大宋朝廷卧底，一面暗中搅乱朝纲，使他们君臣不和，自相残杀；另一方面，暗中刺探各种重大情报，报告回国。等寻找到了良机，萧太后就可全面发兵攻宋，到那时，和自己里应外合，便可轻轻松松、不费吹灰之力地灭了大宋。

萧太后听了王钦的计策，心想，这样的计策，只有诡计多端的王钦才能想得出来，也只有聪明伶俐的他才能去执行。于是，萧太后准奏。王钦装扮了一番，即日赶往汴梁。机缘巧合的是，他在途中遇到了上京告御状的杨六郎。

王钦自告奋勇去宋朝卧底，意图一面扰乱大宋朝纲，一面刺探情报

六郎这天到了京城，俗话说无巧不成书，正巧遇见七王元侃出朝巡视。六郎跑上前去，拦住轿子大喊冤枉。七王爷把六郎带回王府，看了他的状子，不禁连连赞叹道："字字有力，笔笔藏锋，能写出这样状子的人，真是世间奇才！"于是忙问六郎，写这状子的是谁，六郎如实相告。

七王爷说："这等人才，一定要请来重用。他为求取功名而来，却也正好！此人现在何处？"杨六郎便说："住在东角龙津驿中。"七王爷非常高兴，几天后就派人将王钦召来，留在身边做了心腹。

六郎见七王爷一心只想重用写状子的人，对自己的冤情却漠不关心，于是决定第二天去朝门外击鼓鸣冤。

"万岁台"石砚

砚，即磨墨器，又称砚台、墨池等，为文房四宝之一。该砚为箕形，砚盒为银质，平面略呈梯形。盖上刻着波涛、腾飞神龙及三株莲花，中间的一株莲花上方有一匾额，上刻"万岁台"三字

六郎在朝门外击鼓鸣冤

次日一早，杨六郎便拜辞了七王爷，直奔朝门而来。他赶到朝门的“登闻鼓”前，举起鼓锤，“咚咚咚”直敲得震天响，嘴里不住地喊着冤枉。守门的军士把他捉住，押去见提狱官。提狱官看过状子后不敢怠慢，立刻将其上呈给太宗。太宗看完状子，心想这还了得，正要下旨召回潘仁美问询，这时，枢密院送来了潘仁美的奏章。

太宗看完奏章，顿时糊涂了，分不清到底孰是孰非。太宗把六郎的状子和潘仁美的奏章交给众位大臣传看，要大家帮着分辨。

大臣们看完，南台御史黄玉抢在前面上奏道：“大宋律法规定，在外作战，将士必须服从主帅。杨继业父子违令邀功，致使全军覆没，论罪当斩。如今反来诬告主帅，此又犯欺君之罪。死者不论，陛下应该把杨延昭押出朝门正法。”

这个黄玉是潘仁美的内兄，如今自然颠倒黑白，帮潘仁美说话。大臣们心里都有数，听他这么说，都背过身去暗暗唾骂。

八贤王赵德芳听了黄玉的话，非常气愤，出班奏道：“杨家父子乃朝廷有功之臣，一向对朝廷忠心耿耿，多次舍命救驾，先帝都要另眼相待。如今分明是遭奸人陷害，陛下不可只听潘家的一面之词。依为臣看，陛下可下旨将潘仁美拿来，与杨延昭当庭对质，孰是孰非自当水落石出。”

太宗皇帝这下更加为难了，原来太宗皇帝的潘妃正是潘仁美的女儿，潘仁美也算是太宗皇帝的老岳父。如

皇帝的龙椅

封建时代的帝王以龙作为其象征，使用的器具上大多雕有龙的图案。龙椅更是天子地位的象征，自古以来唯万乘帝王所独享。这个龙椅雕龙数条，椅背顶部正中的龙昂首傲立，其他龙作俯首臣服状，尽显其尊严华贵

今一边是八贤王，一边是老丈人，哪个都得罪不得。太宗犹豫再三，决定先收下状子，再借故把这件事推托过去，让它不了了之。

八贤王见太宗皇帝含糊其辞，看出了他的心思，哪肯答应。他一再坚持，非要皇帝降旨不可。太宗被逼得没有办法，只好说："怕是没人敢去，等潘仁美回朝再说吧！"

八贤王抓住了太宗的话柄，微微一笑，站到殿前高声问道："皇上已经决定捉拿潘仁美问罪，哪位大臣愿意前往？"

只听下面有人回答："为国除奸，臣愿前往。"八贤王一看，说话者是太尉党进，顿时心下暗暗欢喜。

太尉：古代三公（太尉、司徒、司空）之一，正二品，负责掌管军事。只要皇帝同意，太尉有权随意调动全国各地的军队。

党进继续奏道："只是潘仁美身为元帅，手下有数万人马，又在边境驻军，一旦泄密，若其叛国投敌，后果将不堪设想。因此，臣请陛下派一名武将随臣前往。臣保举杨静将军随臣同去，以掌元帅之印。"

太宗见事已至此，只好准奏，当即命翰林学士拟好了圣旨，交给党进，然后当庭宣布："哪个走漏了风声，与潘仁美同罪。"

杨六郎见事情终于有了眉目，这才回府和家人团聚。杨府上下闻知杨令公和七郎的死讯，悲痛万分，只盼党进能早日把潘仁美捉回汴梁，让皇上来主持公道。

八贤王站在殿前高声问谁愿去捉拿潘仁美归案

第十一章

智擒潘仁美

党进接了圣旨，和杨静只带了几个随从，也不摆钦差的仪仗，神不知鬼不觉地向边境而来。

钦差大臣：由皇帝亲自派遣，出外处理重大事情的官员。

半路上，杨静向党进问道："太尉，那潘仁美老奸巨猾，手握重兵，他若不交帅印，如何是好？"

党进说："杨将军不必担忧，我早已想好办法。"杨静把耳朵凑了过去，党进如此这般地对他细说了一番，乐得杨静哈哈大笑。

再说杨继业碰碑自尽后，潘仁美除掉了最强劲的对手，他觉得军中再也没有能和他抗衡的人了，不由觉得春风得意。

潘仁美除掉了杨继业，不由得春风得意

正当这时，有人进来报告，说钦差大臣来了。潘仁美毕竟做贼心虚，预感事情有点不妙，急忙叫潘龙、潘豹做好准备，下令除钦差之外的其他人都不许进中军大帐。把一切安排妥当了，潘仁美才整理衣冠，出帐去迎接钦差。

潘仁美一看到钦差原来是党进，顿时松了口气；又看他毕恭毕敬，戒心就解除了一半。

原来潘仁美仗着是开国功臣，又是皇亲国戚，从来就没把这个党进放在眼里。潘仁美大咧咧地点头招呼过党进，便拉长了声音问道："太尉远道而来，有何见教？"

党进说："唉！还不是受皇上差遣。"说完，忽地拉长声音高声道："潘仁美接旨！"潘仁美慌忙跪倒在地，他不知道圣旨上都是什么内容，心里顿时就像十五个吊桶打水——七上八下。

潘仁美的儿子潘龙、潘豹，还有他的干儿子郝少卿也都非常紧张，全部只用单膝跪在地上，手紧紧握着剑柄，目不转睛地瞪着党进，预备一不对劲便马上动手。

党太尉察觉到潘仁美父子的紧张情绪，所以故意把语速拖得很慢。圣旨上说，潘仁美驻守边关，征战劳苦，特命钦差党进来向潘仁美问安。

潘仁美听完，提到嗓子眼儿的心才慢慢放下，他舒了一口气，正欲起身领旨谢恩，只听党进说："且慢，还有第二道圣旨。"

潘仁美听说皇上派党进来是为了犒赏三军，不由得放声大笑

潘仁美刚放下的心又猛地提到了嗓子眼儿，帐里的气氛又紧张了起来。潘龙、潘豹、郝少卿紧握剑柄，手心已经沁出了汗珠。

潘仁美又战战兢兢地听了第二道圣旨，里边说命太尉党进押解十万两赏银，代替皇上犒赏三军将士。潘仁美听完，起身擦了擦满头冷汗，放声大笑起来，心想，杨继业的七郎八虎再厉害，也顶不上我一个女儿啊！

突然，他止住笑声，向党太尉问道："钦差大人，可还有第三道圣旨？"

党太尉故意慢吞吞地说："这第三道圣旨嘛——是没有了。"

潘仁美这才放下心来，起身领旨，然后请党太尉落座。党太尉环视四周，见都是潘仁美的党羽，陈林、柴

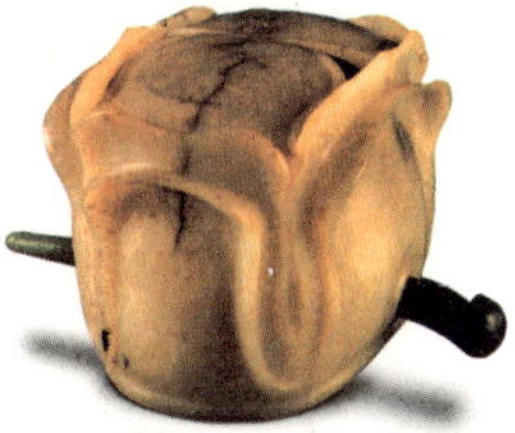

绾发玉冠

冠作花瓣状，系将整块青玉挖空，外雕双层绽开花瓣，顶部镂雕出两片合瓣而成。冠下端两侧插入一束冠发簪，簪为碧玉，做云头如意状。宋代官员常用这种冠来绾头发

潘仁美为在钦差面前显示自己军纪严明，把亲信黄龙杀了

干又都不在跟前，便一边应付潘仁美，一边想出了一条计策。

党太尉问道："请问太师，什么时候犒赏三军啊？"

潘仁美说："时间就由你来安排吧。"党太尉就让潘仁美把四路总兵全都召进大帐。陈林、柴干接到命令，也跟着一起进来了，党太尉看到他二人后满意地点点头。这时，潘仁美发现总兵黄龙还没有来，他正要发作，黄龙慌慌张张跑进大帐。潘仁美也不问原因，大发雷霆。为在钦差面前显示自己军纪严明，当场让人把黄龙拉下去斩了。

这个黄龙本是潘仁美的心腹，潘仁美如今已经昏了头，竟杀了自己的党羽。党太尉见了，自然只有偷着乐了。

潘仁美处理完黄龙，请党太尉开始犒赏三军。党太尉说："没有帅印，只怕三军不服，还是麻烦太师代劳吧。"党太尉一边说话，一边偷偷给下面的陈林、柴干递眼色，二人心领神会。陈林走上前去对潘仁美说：

古代帅印

帅印是古代高级将领为官的凭证，有帅印在手便可以发号施令，调兵遣将

“让元帅代替钦差，一来犯了欺君之罪，二来让别人觉得元帅不懂礼数，您不如把帅印暂时借钦差大人一用。”

潘仁美觉得陈林说得有道理，就把帅印、令箭交给了党进。党进接过帅印和令箭，机警地四下扫视一番，然后大声下令说：“本帅奉旨犒赏三军，现在开始点将，点谁谁进，没点到者不得擅自入内，违令者斩！”潘仁美听了，憋了一肚子气，但帅印已经不在手上，只好乖乖地走到帐外。

党太尉先把陈林、柴干传到大帐里，小声告诉他们此行的真正目的，让他们协助行动，二人会意。党太尉随即又下了一道军令：传郝少卿进帐。

郝少卿仗着有他干爹撑腰，故意吊儿郎当地走进帐来。党太尉见状勃然大怒，立刻命人把郝少卿推出去斩了。

潘仁美又气又急，冲进大帐，厉声质问党进为什么杀他义子。党太尉冷笑一声说：“只为捉你潘贼归案。”话音未落，陈林、柴干冲上前来，三下两下就把潘仁美绑了。党太尉这才拿出写有捉拿潘仁美问罪的第三道圣旨，宣读给潘仁美听。潘仁美听完，顿时像堆烂泥一样瘫倒在地。潘龙、潘豹在帐外闻讯，吓得赶紧各自逃命去了。

党太尉绑了潘仁美，把边关的事情交给杨静，和陈林、柴干押解着潘仁美回京复命。沿途的老百姓们得知潘仁美被抓，人心大快，纷纷奔走相告。囚车一路行来，所经之处千人唾骂，万人称快，真是好不热闹！党进这时也亮出了钦差大臣的身份，一行人逢州过县，不几日便到了汴梁。党进命人把潘仁美暂时押入天牢，只等次日早朝面君交差。

党太尉把陈林、柴干传进大帐，吩咐他们配合自己捉拿潘仁美

第十二章

计审潘杨案

金玉腰带

玉器在古代是一种珍贵的奢侈品。图为一种束腰的玉带，上面缀着一排方形或圆形的金质饰片，制作异常华贵、精美

这日早朝，党进禀报太宗皇帝，说已将人犯潘仁美捉拿归案，在天牢候审。太宗心想："一面是屡救圣驾的有功之臣，一面是国丈，这个案子我若亲审，向着谁都不好，还是交给御史台去审吧。"想毕，太宗便下旨把这案子交给参知政事傅鼎臣审理。

傅鼎臣是个要钱不要命的贪官，审案子对他来说，向来都是宗招财进宝的美差。如今受了皇命，接了这么一个大案子，他回到府里，不由心中暗喜，便想趁机大捞一把。

傅鼎臣正做着发财的美梦，家人进来报告，说潘府的黄夫人派丫头来了，有重要事情求见。傅鼎臣连忙让人传进来。潘府的丫头进了客厅，跪下道："我家夫人命奴婢送来黄金百两，玉带一条，先行孝敬大人，请大人收下。乞大人多多看顾太师，回头自有重礼相谢。"傅鼎臣见了黄金玉带，乐得眉开眼笑，照单全收了，说："你回去请夫人放心，一切包在下官身上。"丫头拜辞出来，不料刚出傅府，就被一群军士抓了个正着。

傅鼎臣见了黄金玉带，乐得眉开眼笑

原来八贤王向来知道傅鼎臣爱财如命，贪赃枉法，皇上把潘、

杨一案交给傅鼎臣审理，八贤王本就放心不下，所以暗中派人监视傅鼎臣。这天听说潘府的丫头进了傅府，八贤王提了金锏匆匆赶来，正好将她抓了个正着。

八贤王抓住傅鼎臣收受贿赂，非常愤怒

八贤王押着潘府丫头来见傅鼎臣。傅鼎臣看见八贤王，吓得面如土色。一顿严刑拷打后，那丫头说出了实情。八贤王上奏太宗，太宗一气之下，把傅鼎臣贬为平民。

太宗处理了傅鼎臣，紧接着问道："谁愿审理潘、杨一案？"太宗此话一出，朝上鸦雀无声。清官们觉得这个案子太棘手，不管得罪了谁，都非同小可；贪官们有了傅鼎臣这个前车之鉴，知道此案非但捞不到半点油水，弄不好还会赔上性命。太宗等了半天，群臣之中连一个吭声的人也没有。

御史台：监察机构，自秦汉以来，历代都设此机构，掌监察之事。在宋代，御史台除了是全国最高的监察机构外，还兼理重、难案件。

就在这时，八贤王开口说道："臣保举一人，此人是大名府成安县知县，姓寇名准，人称'寇青天'，在民间有口皆碑。此案只要让他审理，定能公道。如今正好西台御史空缺，陛下可让他来补缺。"太宗准奏，派人即刻去成安县召寇准进京。

寇准在成安县好好地做着清水县令，猛然听闻皇上宣召，不禁一头雾水。他诚惶诚恐地来到京城，得知皇上钦点他审理潘、杨的案子，寇准又喜又忧。喜的是自己一步登天，由一个小小知县做上了西台御史；忧的是潘、杨不比其他人，这个案子审好了还行，一旦出了差

寇准从怀里掏出礼单，交给八贤王过目

错，杀头事小，误国事大。但是皇命难违，寇准也只好硬着头皮，准备赶赴西台上任。

这天夜里，潘仁美的女儿潘妃又故伎重演，派太监刘霸带着重礼，来到了寇准的府上。

寒暄让座过后，刘霸开门见山地说："潘娘娘得知寇大人审理太师一案，特派咱家送来薄礼一份，聊表心意；此外，潘府黄夫人也托咱家带来礼物一份，请大人一并笑纳。"

刘霸说完，将两份礼单递给寇准，然后向门外一招手，几个小太监鱼贯而入，将一个个礼盒打开放在桌上，只见黄金白银、翡翠玛瑙，应有尽有。

寇准一见，立即装出一副见钱眼开的模样，嘴里啧啧赞叹，口中却连连说："不敢当！不敢当！"刘霸见寇准这副模样，非常满意。

寇准又故意推辞说："常言道，无功不受禄。待下官为潘太师略尽绵薄之后再领赏，方为妥当。公公意下如何？"

刘霸说："区区薄礼，何足挂齿？寇大人尽管放心收下，只要审案时对潘太师高抬贵手，就什么都有了。"

寇准说："既然如此，恭敬不如从命。请转告潘娘娘和黄夫人，下官心中有数了。"刘霸见寇准这么说，心满意足地去了。

刘霸走后，寇准连忙把礼单揣在怀里，直奔八贤王的南清宫。寇准见了八贤王，跪在地上就磕头。八贤王奇怪地问："你不到西台上任，怎么到我南清宫来了？"寇准便把潘妃行贿的事说了，又从怀里掏出礼单，交给

翡翠十八子手串

该手串由十八颗上好材质的翡翠串连而成，故称"十八子手串"。其中的翡翠嫩绿无瑕，光润滋蕴，为不可多得的艺术珍品。在古代，只有拥有一定的财力或地位的人才能享有这样奢侈的饰物

八贤王过目。

八贤王看了礼单，勃然大怒，但转念一想，忽又转怒为喜。他指着寇准说：“好你个寇准，如此深思熟虑，真有天官之才！”

只听“扑通”一声，寇准跪倒在地，连声说道：“微臣谢恩！”八贤王莫名其妙地说：“你谢我什么恩？”

寇准说：“八王封我为天官，我怎么能不谢恩？”八贤王自知失口，只好答应寇准，等潘、杨的案子结了，便奏请皇上，让他去吏部做天官。

有了八王撑腰，寇准就放开了手脚。第二天夜里，寇准命人准备了一桌丰盛的酒席，然后把家人刘超叫来，附在他耳边吩咐了几句。刘超立即出去喊了四个轿夫，不一会儿就把潘仁美从监牢里抬了过来。潘仁美虽不认识寇准，但已经得到家人通报，知道寇准收下了重礼，并答应效力，所以寇准夜里请他，潘仁美心里一点也不感到惊慌。

寇准见潘仁美来了，接待得分外殷勤。寒暄过后，寇准命人摆上酒席，将潘仁美请入上座，然后喝退下人，开言道：“太师不必多疑，其实杨家也是下官的仇人。”

潘仁美忙问缘由，寇准长叹一声说：“家父以前曾在北汉主手下为官，那杨继业心狠手辣，仗着北汉主宠信，竟将家父一拳打死。只恨我文弱书生一个，无从报仇，如今杨家小畜生眼看落在我的手里，正好斩草除根，报仇雪恨。”

潘仁美听了，一时喜出望外，所有对寇准的戒备之心一扫而光。寇准担心潘仁美还

镶金边白玉杯

此杯用白玉制成，直口平唇，深腹，杯口内外镶金一周，造型、制作均很精美，是一种异常珍贵的酒器

天官：天官的意思是天子亲赐的官职。这里指的是吏部天官，即吏部尚书之职。

寇准准备好酒菜，附在家人刘超耳边吩咐了几句

有疑心，又说：“下官向来仰慕太师，有心拜您为师，不知太师意下如何？”潘仁美素爱结党营私，如今哪有不肯之理？他当场收了寇准为门生，心里把寇准当作了自己人。

寇准给潘仁美吃了定心丸之后，就一杯接一杯地给潘仁美敬酒，直灌得潘仁美有了七分醉意。寇准这才说道：“恩师，此时别无外人，求恩师把那摆布杨家老畜生、小畜生的事略告门生一二，也叫门生高兴高兴。”

书办：古代府、州、县署名房书吏的通称，负责掌管文书，核拟稿件，后来逐渐成为掌案书吏的专称。

潘仁美得意洋洋，就把他如何指使呼延赞催粮，如何逼迫杨继业父子出战，如何乱箭射死杨七郎，如何追杀杨六郎，如何编造假奏章等等，一五一十，从头到尾说了一遍。

寇准听罢，猛然把桌子一拍，哈哈大笑道：“老贼！你伤天害理，恶贯满盈，到头来却算计了自己。八王千岁，您也请献身吧。”话音刚落，只听“哗啦”一声，八贤王和书办从里间小门里走出来。原来，这一切都是寇准和八贤王设下的圈套。寇准怕潘仁美翻供，预先让八贤王和书办藏在里间。既让八贤王亲耳听到了事情真相，又让书办将潘仁美的口供记录下来。寇准这一番计策，真是用心良苦，滴水不漏。

八贤王从里间小门里走出来，指着潘仁美大骂

八贤王见了潘仁美，怒发冲冠，大骂道：“你这人面兽心的老贼，现在还有何话可说？”

潘仁美经了这一吓，酒全醒了，情知上了寇准的当，后悔不迭。但他以为并没有留下证据，因此耍起无赖，说：“你说老夫有罪，有何证据？”寇准让书办拿来口供，当场念了一遍。潘仁美一听，大吃一惊，但

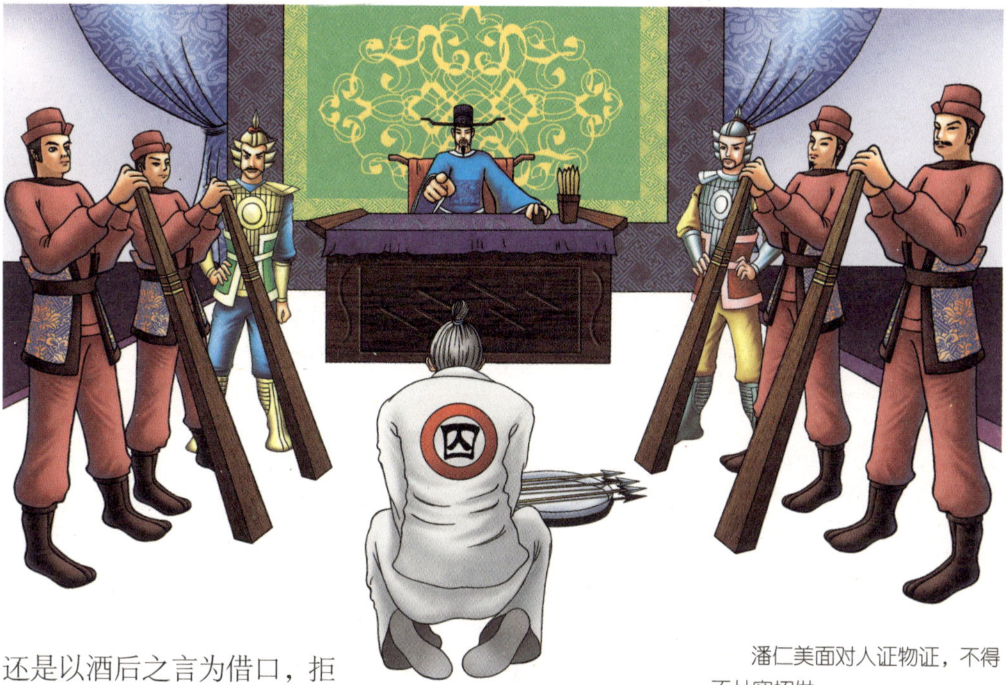

潘仁美面对人证物证，不得不从实招供

还是以酒后之言为借口，拒绝在口供上画押。八贤王勃然大怒，寇准劝阻道："千岁息怒，下官自有办法。"于是命人重新给潘仁美戴上镣铐，押回了监牢。

押走潘仁美后，寇准给陈林、柴干写了一封信，差人去将他们唤来作证。陈林、柴干接到信后，立即动身，不几日就来到汴梁西台御史的衙门上。陈林、柴干把在杨七郎墓地里找到的三支箭交给寇准。寇准一看，只见三支箭杆上面都刻着一模一样的"潘"字，这就是潘仁美亲手射杨七郎的那三支箭。寇准大喜，命人做了记录，专等第二天升堂审案。

次日，许多老百姓赶来看寇准审案，把衙门围得水泄不通。寇准既不怒形于色，也不大声呼喝，命人传来潘仁美。潘仁美以为寇准奈何他不得，继续抵赖。寇准不慌不忙，把陈林、柴干叫上来作证，又摆出潘仁美的三支箭。到了这时，潘仁美才不得不如实招供，并画了押。

如此大案，寇准没动一下板子，便审理得水落石出。老百姓们无不喝彩，八贤王也打心眼里佩服。

铁钳和铁桎

铁钳和铁桎是分别戴在犯人脖子上和脚上的古代刑具，以防其逃跑。宋代也出现了类似的刑具，并在此基础上增加了刺配等更加严酷的刑罚

第十三章

杨家报仇

天波府

天波府是北宋大将杨继业的府邸，遗址在今河南省开封市。皇帝为表彰杨家的功绩，为杨府修了一座天波楼，规定路过楼前时文官下轿，武官下马。后来人们就称杨府为天波府了

第二天早朝，寇准把写好的奏本连同供词、证据等一并呈给宋太宗，然后奏道："潘、杨两家悬案，臣已查明，请圣上过目。"

宋太宗接过奏本看了，又大略看了一遍供词、物证，暗暗欣赏寇准足智多谋。但太宗心里还是有些犹豫：潘仁美罪恶滔天，不杀他众人心下不服；但他毕竟是国丈，不如留他一命。

八贤王看见太宗露出为难的神色，知道他还想偏袒潘仁美，连忙上前奏道："寇准办案有功，臣请皇上封他为吏部天官。"太宗当下准奏。八贤王正要接着奏禀，潘妃忽然跑上了金殿，哭着求太宗不要处死她父亲。太宗对八贤王说："你婶娘来求情，是斩是赦你看着办吧！"八贤王顿时也没了主意，他知道寇准点子多，就让他来收拾残局。寇准被夹在中间，左右为难。他想为杨家讨回公道，又得罪不起皇上，心想，事已至此，不如等杨家有权有势了，再找潘仁美算账也不迟。想到这里，寇准便上前替杨家向皇上讨封。太宗说："即日起为杨府盖一座天波楼，比金殿高上三尺三。"接着，又赐了佘太君一根龙头拐杖，说："用这拐杖打死犯了法的文武大臣，不用担当任何罪名。有了这拐杖，可以随时上下金殿，见了朕也不用参拜。"

如何处置潘仁美，让太宗皇帝非常为难

太宗说完，又让寇准为潘仁美定罪。寇准说：“太师之罪，理当问斩，念娘娘伴驾有功，可从轻发落，即日发配温州。”

佘太君听了判决结果，很不满意，便和寇准争执起来。寇准知道佘太君不明白自己的良苦用心，可大庭广众之下又不便明说，只好忍着。

六郎抽出宝剑，就要往脖子上抹，八贤王连忙死死抓住他的手腕不放

杨六郎虽对潘仁美也恨得咬牙切齿，但他知道寇准是向着杨家的。下朝后，六郎小声对寇准说：“寇大人，不杀了这狗贼，枉为八尺汉子。我已打定主意，在发配路上结果了他的狗命，大不了偿命！”寇准忙劝阻道：“郡马，莽撞不得，我有一个办法。”说着，偷偷和杨延昭说了，杨六郎频频点头。

当天晚上，杨延昭身挎宝剑，来到八贤工的南清宫。见了八贤王，杨六郎声泪俱下地说：“殿下，我来和你诀别。”八贤王吓了一跳，急忙问：“郡马何出此言？”杨六郎说：“我堂堂八尺男儿，父亲、兄弟惨死奸人之手，却不能报仇，还有何脸面活在世上？只求殿下看在我父子的面上，帮我照顾满门孤儿寡妇！”说完，“嗖”地抽出宝剑，就要往脖子上抹。八贤王急得连忙死死抓住六郎的手腕不放。

剑

剑是古代最常用的兵器之一，为长条形，两边有刃，一般刃部都很锋利，主要靠刺杀、劈砍、划拉来攻击敌人

正在这时，寇准闯了进来，见这番情形，便上前来劝，杨六郎趁势松了手。八贤王见六郎松了手，这才长出一口气。寇准故意问八贤王六郎为何自杀，八贤王便说了一遍。寇准故作惊讶地说：“这倒巧了，我来辞

官，却碰上个不要命的。”

八贤王忙问：“寇爱卿此话怎讲？”寇准说：“殿下，你可真是聪明一世，糊涂一时啊！潘仁美不死，过个一年半载，必然官复原职。我既大大地得罪了他，他岂能饶我？”八贤王暗道有理，便说：“寇爱卿，你足智多谋，一定有什么好计策。”寇准见他这么说，忙将计策和盘托出，八贤王连声称妙。

第二天，八贤王独自到皇宫去见太宗，说：“陛下，为臣最近老做噩梦，想向陛下讨一道独角赦，避避邪气。”宋太宗当即就赐给了八贤王一道独角赦。

那么，八贤王讨这个独角赦有什么用处呢？原来，皇帝的独角赦有两个用处：一可以避邪；二可以免罪。将这道独角赦交给六郎，他即使亲手杀了潘仁美也不用偿命。

宋太宗赐给了八贤王一道独角赦

八贤王拿到独角赦，满心欢喜，回到南清宫后，立刻秘密通知寇准和杨六郎按计行事。杨六郎带着七郎的妻子杜金娥，以及八姐、九妹，各携兵器，来到东门外三十里处的黑松林，这里是潘仁美发配温州的必经之地。六郎带着众人暗暗埋伏好，一直等到第二天早上，才见一辆囚车缓缓驶来。于是几人一跃而出，舞动兵器直扑囚车，差役们吓得抱头鼠窜。杨六郎冲上去劈开木笼，揪住“潘仁美”的头发，一把把他拽了出来。六郎仔细一看，却并不认识此人。杨六郎大吃一惊，怒声喝问道：“你是何人？快讲！”那人吓得结结巴巴道：“大王饶命！小人本是死刑犯，太监刘霸买通了

官府，叫小人顶替潘仁美发配，说可以免去小人的死罪，还给了小人一百两银子。小人句句实言，半句不敢撒谎。”杨六郎一听这话，顿时火冒三丈，随后四人押着囚车，匆匆回到京城。

杨六郎等人回了京城，将囚车押到西台御史衙门，把黑松林的事和寇准说了。寇准也没有料到潘仁美会使出这种招数，但转念一想道：“郡马，老贼使的是偷梁换柱之计，不过如此一来，他便有了欺君之罪。我们追杀老贼，又多了一个借口。”寇准当即把潘仁美的替身审了一遍，录了口供。

六郎把冒名顶替潘仁美的囚犯抓到西台御史府，和寇准说了黑松林的事情

随后，寇准和杨六郎匆匆忙忙来到南清宫，对八贤王详细说了这事，又说：“潘仁美找人顶替他发配，如今必定藏在潘府。不过潘仁美虽犯下欺君重罪，皇上依然可能饶他，为今之计，只有来个先斩后奏，方才妥当。”八贤王点头表示赞同。

再说潘仁美找替身前，早已暗中和辽国勾结。此时更是赶忙向萧太后求救，他决计带着刚从边疆逃回来的两个儿子投靠辽国。萧太后得知消息，便派遣了一个名叫敏希木的辽国人来搭救潘仁美。

偷梁换柱：三十六计之第二十五计，指用偷换的办法，暗中改换事物的本质和内容，以达到蒙混欺骗的目的。“偷天换日”、“偷龙转凤”、“调包计”都是同样的意思。

这天，潘仁美得到禀报，知道自己偷梁换柱的计策被六郎识破，当下吓得魂不附体，慌忙收拾行装，准备带着两个儿子和敏希木从后门出逃。

潘仁美等人刚出后门，只见杨六郎和一员女将高坐马上，各持缨枪，另一员女将稳站地上，手握一根枣木粗棍。潘家父子一惊便站住了。

潘仁美等人刚出后门，就见杨六郎带着两员女将堵在门外

原来，骑在马上的那员女将，正是杨七郎的妻子杜金娥；站在地上的这员女将名叫杨排风，是杨府的烧火丫头。这丫头在杨府耳濡目染，练就了一身武艺。那根枣木大棍，便是她的烧火棍，也是她最称手的兵器。

俗话说：仇人相见，分外眼红。潘家父子见敌人来势汹汹，知道再也无处可逃，只好心一横，准备拼命。杨六郎更是国仇家恨一起涌上心头，话也懒得说，手持长枪，纵马向前扑来。杜金娥见状，用枪架住六郎，自己猛夹马腹，冲了上去，只一枪，就把潘仁美打落下马。杜金娥把潘仁美绑在一棵大树上，举起花枪，怒喝道："狗贼，天幸今日落在我的手上，当日你射我夫君一百零三箭，今天我要还你二百零六枪。"说罢，手起枪落，一顿乱刺，把潘仁美活活戳死了。

潘龙、潘豹见父亲死了，犹如杀神附体一般，一起来夹攻杜金娥，却被杨六郎举枪挡住。杨排风见了，也健步上前，举起大棍只一扫，潘龙的马腿就断了。只听"扑通"一声，潘龙连人带马栽倒在地上。杨排风手起棍落，潘龙也跟着一命呜呼了。潘豹见潘龙也死了，一时慌了手脚。杨六郎赶上去一枪，又结果了潘豹的性命。杨六郎割下潘仁美的首级，又把敏希木留下做了活口，将他五花大绑带到西台御史府录了口供。

杨六郎提着潘仁美的首级，重新押上敏希木，回到了天波府。他把潘仁美的头摆在父亲灵位前的供桌上，跪倒在地，声泪俱下地说：“爹爹，孩儿已为您报了大仇！您老人家在天有灵，请保佑满门老小。”说完，磕了三个响头，然后站起身来，提着人头，带着敏希木来到皇宫门口。守门官见杨六郎这个样子，吓得赶紧跑去给宋太宗报信。

宋太宗闻报，赶忙升殿，传旨把杨六郎带上殿来。杨六郎把人头交给守门官，走上金殿，跪地请罪。宋太宗大怒道：“大胆杨延昭！寡人辇毂之下，竟敢行凶杀人，你该当何罪？”杨六郎说：“罪臣为报杀父之仇，曾在半路上截杀潘仁美，谁知潘仁美找了个替身。罪臣算定潘仁美仍在府中，便到他府后守候。刚才潘仁美父子和此人偷偷溜出后门逃跑，被罪臣统统杀了，只留下此人，特来请罪。”

辇毂：皇帝坐的车子，这里借指京城。

宋太宗怒气未消：“大胆杨延昭，你白日行凶，擅杀朝廷大臣，其罪一也；你不服寡人判决，藐视圣命，其罪二也。二罪归一，本该诛灭九族，朕念你家为国有功，只将你斩首。”说完，高喝一声：“来人，推出去斩了！”

话音刚落，两名殿前侍卫走出来，将杨六郎押出殿外。

刚出殿门，八贤王和寇准闻讯匆匆赶来。八贤王大喊道：“陛下，刀下留人！臣有本奏。”

八贤王和寇准进了大殿，双双跪下。寇准说：“陛下，杨郡马擅自杀人，固然有罪，但杀得有理，杀得有功。倘若不是杨郡马，陛下便不知潘仁美偷梁换柱的欺君之罪，更不知潘仁美背主投敌的叛国之罪。杨郡马为国除害，为

杨六郎将潘仁美的人头摆在老令公的灵位前，跪倒在地拜祭父亲

召会群臣图

在封建时代，皇帝召见臣子的时候，臣子要行三拜九叩的大礼，以显示皇帝“受命于天”的尊崇地位

君除奸，功大于过，纵然不得奖赏，也足可以将功折罪了。”接着，寇准对太宗讲了事情的来龙去脉，又把赶写的奏本、潘仁美的替身和敏希木的供词呈上。八贤王也在一旁作证道：“陛下，寇大人所奏，千真万确。若非杨郡马劫杀，潘家父子恐怕早已叛国投敌，去了辽国，到时后果不堪设想。另外，臣以圣上御赐的独角赦，恳请免去杨延昭的死罪。”

宋太宗听了寇准和八贤王的话，看过寇准的奏本，又审了敏希木，不相信也难了。但是杨六郎目无朝廷，还是让宋太宗非常恼恨，于是说：“朕看在皇侄的面子上，就免了杨延昭的死罪，削去他一切官职，发配郑州，明日起解。”说罢，甩袖退朝。

杨府上下得知六郎被发配的消息，顿时哀声一片。次日，全府老幼都来为六郎送行。杨六郎跪倒在佘太君面前，给母亲磕了三个响头，然后站起身来，把牙一咬，跟着解差而去。

八贤王和寇准进了大殿，双双跪下，为六郎求情

第十四章

宋辽比武

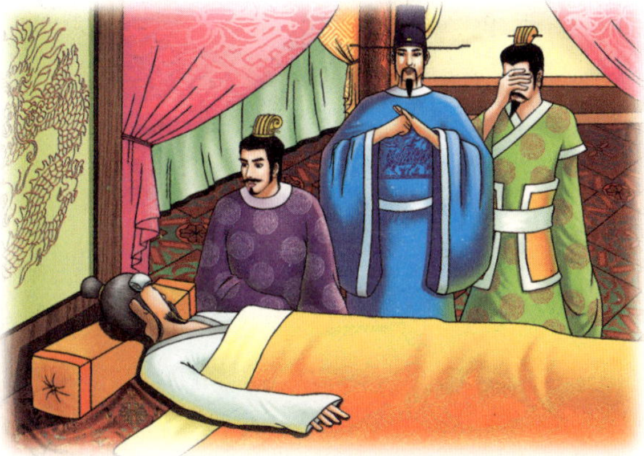

临终前，太宗让八贤王要好好辅佐元侃，并嘱咐一定要重用杨六郎

至道三年（公元997年）三月，宋太宗突然一病不起。他情知自己不久于人世，便召来八贤王和寇准商议皇位继承问题。

起初，宋太宗想把皇位让给八贤王。原来，八贤王赵德芳是宋太祖赵匡胤的儿子，按照封建王朝的王位继承制，当初应该由八贤王继承皇位。宋太宗对八贤王心怀歉疚，因此才想传位于他。可是不管宋太宗怎么说，八贤王就是坚辞不受。于是，太宗就把皇位传给自己的儿子七王爷元侃。

临终前，太宗对八贤王说："朕命眼看不保，皇侄要好好辅佐你的弟弟。先帝曾说代代有奸佞之臣祸国乱政，今赐你铁券、免死牌十二道，若遇奸臣乱国，可代朕铲除。杨延昭乃当世英雄，是我大宋的定国之臣，这样的人才，一定要重用。"

铁券：指以皇帝的名义颁发给功臣、重臣的一种带有盟约性质的文书，持有铁券的功臣、重臣及其后代，可以享受皇帝赐予的特权。

宋太宗晏驾后，七王爷元侃继位，他就是历史上的宋真宗。

宋真宗登基之后，立即重用身边的心腹，把王钦提拔为东厅枢密使，谢金吾为枢密副使。太宗时候的一些老臣见此情形，纷纷请辞告老还乡。真宗挽留不住，只好批准。从此，朝政大权就落在了王钦手里。

王钦无时无刻不在思谋着替萧太后尽忠，早日灭亡大宋。如今大权在握，他不禁欣喜万分，觉得灭亡宋朝

萧太后正在读王钦写的密信，土金秀侍立在一旁

的时机已到。这天，王钦写了一封密信，指使一名心腹偷偷地送到了辽国。

萧太后接到王钦的密信，拆开一看，只见上面写着："中原太宗晏驾，新王即位，朝中无甚良将。若遣人马征讨，则中原可图。"

萧太后立即召集大臣们商议。卷帘将军土金秀献策说："陛下可以修书一封，派人通知宋朝，为臣和麻哩招吉、麻哩庆吉带兵马五千，和他们到边境比武。为臣的箭法天下无双，招吉的枪、庆吉的刀无人能敌。中原得知消息，必定会选一些武艺出众的大将前来。到时候，要真是臣等的对手，我们就再等几年征讨；如果他们抵挡不住，就可以断定宋朝无人，我们就可以放心地发兵，夺取中原了。"萧太后准奏，当即派人给宋真宗送去一封挑战书。

真宗接到挑战书，忙召集大臣商议。寇准奏道："为臣看萧太后来信，暗含挑衅。不过只是比试刀箭而已，堂堂大宋，难道没有人能胜任？请陛下快下圣旨，选派武将前往边境应对。"

真宗沉吟道："先朝良将，如今都已老迈。当初的杨家父子，也只杨郡马还在。先帝曾派人去往郑州将他调回，但是至今没有消息。除他之外，他人恐难以胜任。"

于是真宗下旨，派人再去郑州寻访杨六郎。一连数日，却依旧音信杳然。真宗为此每日忧闷不已。

八贤王见真宗如此忧虑，就亲自赶到天波府，向佘太君探听消息。其实，当初太宗派人去郑州找寻六郎时，六郎便已悄悄回到天波府，但恐再被奸人构陷，便藏身府中。佘太君见八贤王来问，便说："六郎发配郑

辽中京遗址

辽中京是辽王朝极盛时期的陪都，遗址位于今内蒙古自治区赤峰市。原城布局仿宋都汴梁城，规模宏大，由外城、内城和皇城三部分组成，呈"回"字形分布。现城内大部分建筑被毁，仅存三座古塔、两层土城墙和点将台

州后，至今未归。殿下若执意找寻，就请宽限几日，找到后自会去面见殿下。”八贤王会意，回去禀报真宗说没有六郎的消息。

真宗无奈，只好下旨派禁军教练使贾能带领骑兵一万，同寇准择日前往边境，与辽兵会武。

禁军：又称禁卫兵，是帝王的直属亲兵，担任都城及宫廷的守卫。在北宋时还把禁军当作正规军，中叶时增至八十余万人。

消息传到天波府，佘太君面带忧虑地对六郎说：“贾能绝非辽国对手，如今国家危难，你还是为了朝廷走此一遭吧。”六郎说：“母亲不说，孩儿也有此意，只是如能有人相助，就更好了。”

六郎话音刚落，八姐、九妹跑了过来，急切地对六郎说：“六哥，能不能带上我们姐妹俩与你同去？”杨延昭为难起来，说：“女流之辈，如何能行军作战！”八姐正色道：“学成文武艺，货与帝王家。谁说女子不能上阵杀敌？”六郎心想有理，又知道两个妹妹武艺不凡，就答应了。

八姐、九妹希望与六郎同去

杨家兄妹三人即日辞别佘太君，跟着寇准，带领兵将赶赴边境。

此时，辽将土金秀已经在河东地界扎下大营，天天烧杀掳掠，侵扰边民。这天，忽然探马来报，说宋兵到了。土金秀对麻哩招吉说：“谅来宋朝没了杨家父子，就没什么好怕的了。我们只要用心比试，一定不会辜负我主厚望。”

第二天，土金秀在旷野上竖起箭靶，带兵来到阵前。这时，只见前方旌旗飘舞，宋军也已经赶到

版画《木兰从军》

在古代，女子被要求谨守“三从四德”，不允许从军从政。木兰从军讲的便是古代一奇女子花木兰女扮男装，替父从军的故事

了。两军相对，土金秀披挂整齐，麻哩招吉、麻哩庆吉分立两边。宋军中，寇准出马喝道：“华夷疆土，自有界限，你幽州为何屡次犯我边境，扰我生民？”

土金秀说：“我主听说宋君刚刚登基，想与他在此会猎，他为何不来？”

会猎：直译即打猎之意，古代通常用来婉称打仗。

寇准厉声说：“我主新立后，四方仰服，每日里与文武大臣商议治国之策，怎会有时间和你等蛮夷会猎？”土金秀被寇准噎得顿时语塞。

这时，麻哩招吉挺枪跃马，冲到阵前，呼喝道：“宋朝如有勇猛之人，快出来比试，不要一味逞口舌之能。”

忽然，宋营里冲出一骑，众人一看，竟是一员女将。这女将冲上前去，没几个回合，便抛出一条红绦，把麻哩招吉绊于马下，活捉了回来。

众人交头接耳，纷纷询问这女将是谁。只听那女将在马上高声道：“我乃杨令公长女八姐。”寇准高兴地说：“真不愧为将门之女啊！”

辽军阵里，麻哩庆吉催马冲出阵来，要救回兄长，宋将赵彦舞刀拦住。没几个回合，赵彦渐渐招架乏力。就在这时，宋军阵里又冲出一员女将，正是九妹。只见她舞刀跃马，直奔麻哩庆吉。几个照面过后，九妹手起刀落，把麻哩庆吉劈死马下。九妹在马上一揖，自报家门道：“我是杨令公之女九妹。”

这女将冲上前去，没几个回合，便抛出一条红绦，把麻哩招吉绊于马下，活捉了回来

寇准赞不绝口，叹道：“杨家还有你们这些女英雄，真是朝廷的

土金秀接过六郎手中的弓，咬牙瞪眼，使出了吃奶的劲儿，全力去拉，那弓弦却纹丝不动

福气啊！”

这时，辽军主帅土金秀脸上挂不住了，拍马出阵，叫道：“谁敢来和我比箭？”宋将杨文虎应声上前，但却落败而回。

杨六郎见杨文虎落败，提枪催马，冲出阵来。他叫左右取来硬弓，在马上连射三箭，全部从靶心穿过，两边的士兵齐声喝彩。六郎拿起硬弓，对土金秀说：“你先别急着射，先试试能不能拉开这张弓！”

土金秀接过六郎手中的弓，咬牙瞪眼，使出了吃奶的劲儿，全力去拉，那弓弦却纹丝不动。土金秀吃惊地说：“能开这样的硬弓，真是神人啊！”

此时，宋军阵里士气高昂，辽兵却一个个垂头丧气。寇准走出阵前，说道：“今天只是比武，我们把俘虏还给你，回去告诉萧太后，再不要妄想侵犯我中原！否则，定然杀你们个片甲不留。”说完，把刚才俘虏的麻哩招吉放还辽营。土金秀羞得无地自容，带着辽兵，灰溜溜地回幽州去了。

神臂弓

神臂弓是弩的一种，北宋时发明。弓身长三尺三，弦长二尺五，装有机关，配以木羽箭，射程可达460米，能穿透两层厚的铠甲，是宋军弩手的制式兵器之一

| 第十五章 |

喜得三将

真宗听了六郎的话，大为感动，走下金殿亲手把六郎扶起身

寇准率军回到汴京，向真宗禀告了杨延昭兄妹大胜辽将的事。真宗龙颜大悦，把杨延昭宣上殿，说：“爱卿父子对国家忠心耿耿，先帝称羡不已。如今有爱卿你在，边境便可保安宁了。”杨延昭磕头拜谢。

真宗向寇准询问，该封杨六郎什么官职。寇准说：“高州正缺一员节度使，陛下可让他去担任。”真宗准奏，下诏封杨六郎为高州节度使。六郎却一再推辞，不肯接受。六郎说：“罪臣父子有败军之罪，蒙陛下赦臣不死，臣已感戴不尽，怎敢再接受官爵？”真宗说：“爱卿今日有退敌大功，理当受赏，何必谦辞？”

六郎说：“陛下既然执意要封，为臣情愿出任佳山寨巡检一职，节度使臣实在不敢当。”

真宗奇怪地说：“巡检之职，官卑位微，爱卿为何要出任此职呢？”六郎说：“为臣看中佳山寨，原因有二：一因为它是三关的要冲，与辽国幽州交界，有我们在那里把守，辽兵就不敢南犯；二是听说那里有几员猛将，我想去招募他们，一同为朝廷效力。”

真宗听了六郎的话，大为感动，走下金殿亲手把六郎扶起身，说：“爱卿真乃忠义之臣啊！”随即应允六郎的请求，令枢密使王钦拨兵马给六郎去镇守佳山寨。

王钦接到圣旨，便故意拨了三千老弱不堪的士兵给六郎。六郎见后，大骂王钦尽拨了些无用的军人给他。

这三千兵马里，有一个叫岳胜的人，这人外表看起

节度使：唐宋两代总管军民两政的地方长官。唐代的节度使总揽军政大权，一度形成割据局面；到了宋代，节度使只是一种荣誉称号而非实职。

来白净文弱，却有万夫不当之勇。他手使一柄大刀，军中都叫他“花刀岳胜”。岳胜听六郎说他们是没用的军人，不由心头火起，走上前说：“将军虽是将门之后，也不能太目空一切。自古道：强中自有强中手，将军怎能断定我等无用？你敢和我比试比试吗？”

六郎听岳胜口气不小，心中暗暗喜欢，说：“尽管放马过来。”说罢，绰枪上马。岳胜披挂齐整，挥舞大刀来斗。四下里喊声震天，两人一连斗了七十几个回合，还不分胜负。六郎心中暗暗赞叹。

岳胜越斗越勇，六郎假装败逃。岳胜一心要打败六郎，随后紧追不舍。六郎等岳胜赶来，一个回马枪，便把岳胜从马上挑了下来。六郎赶忙翻身下马，扶起岳胜说：“你可愿意和我同赴佳山寨，一起为大宋效力？”岳胜说：“小将情愿追随将军。”

六郎得了岳胜，喜不自禁，他回到天波府，辞别佘太君、柴郡主。次日六郎率军向佳山寨进发。

时值二月光景，正是春暖花开的季节，一路上风光

《士兵出行图》壁画

此画构图壮阔，人马众多，情节生动。开始部分以骑兵仪仗为主，甲械齐整，旌旗鲜明；中间有舞者排成两队，甩动长袖相对而舞；后面跟着乐队；剽悍的骑兵环护着旌节。整个画面疏密相间，节奏鲜明，表现出古代军队出征时威仪赫赫的宏大场面

六郎等岳胜赶来，一个回马枪，便把岳胜从马上挑了下来

錾花卉纹高足金杯

此杯敞口，唇外卷，深腹，小圆底，高足。杯体及高足均錾刻卷草纹及宝相花。其造型大方，纹饰精美，线条流畅，为古代金质酒器中的珍品

旖旎。六郎等人一路看景，不几日就到了佳山寨，驻守的官兵纷纷出寨迎接。六郎和他们办理完交接手续，便布置扎寨和防御事宜。

第二天，岳胜没有事情做，就走出寨子闲逛。他远远地望见前面有一座大山，峰峦叠翠，非常雄伟。岳胜向身边的一个当地人问道："前面那座山是什么地方？"当地人说："将军休问那里，说起来都让人吓破胆子！"

岳胜好奇地追问道："难道有野兽吗？"

"只怕比野兽还要厉害百倍啊！"当地人连连摇头说，"一直过去，转过这个山湾，前面有个胡林涧，涧旁依山有个山洞，叫作'可乐洞'。这个洞的洞主姓孟名良，邓州人氏，使一柄大铁斧，勇猛难当。如今已在可乐洞里聚集了几百号人，专门打家劫舍，如今谁还敢到那山里去呀！"

当地人向岳胜讲述了强人的可怕

岳胜听了这话，辞谢这个当地人，回到山寨，向杨六郎禀明了情况。六郎说："我早就听说这里有个叫孟良的勇士，要能收服他，定能壮大我们的力量。"

岳胜说："待小将先去探听一下情况，回来后我们再作定夺。"六郎应允，当即派岳胜去可乐洞探听消息。

岳胜单骑来到可乐洞时，恰好孟良不在洞里，只有他的部下刘超、张盖在洞里和小喽啰们喝酒赌钱玩儿。

岳胜把马拴在洞外，带着短刀，偷偷地潜进洞内，大喝一声。刘超、张盖以为是官兵来了，吓得四散奔逃。岳胜冲进洞里，一阵乱杀乱砍，接连

岳胜把马拴在洞外，带着短刀，偷偷地潜进洞内

劈死了十几个喽啰。岳胜见洞里再没有别人，便蘸着鲜血在洞壁上写了“杀人者，佳山守将杨六郎也”几个字，题罢出洞，打马回了佳山寨。

再说孟良外出归来，回到山洞，见自己的手下死了那么多，大吃一惊。他转头又看见洞壁上的题字，顿时气得哇哇直叫，当即上马直冲佳山寨而来。

岳胜回到佳山寨，向六郎报告杀了孟良部下，并血书题壁之事。六郎说：“孟良知道了，肯定会来闹事，你等要小心防备。”

六郎话音未落，忽闻探子来报，说孟良在寨外挑战。六郎和岳胜相视一笑，当即点了两千兵马，出寨去会孟良。

六郎等人出了山寨，远远望见一人，只见他体魄雄伟，骑在马上，手持一柄大斧，果然是一员猛将！六郎心中暗暗喜欢，走近前说：“将军相貌堂堂，为何不归降于我，我们一同守关，为朝廷效力，万世留名，岂不比做强盗强百倍？”

孟良大怒道：“你父子背弃河东而归中原，还不是都做了无头之鬼。我在这个地方，和你远日无冤，近日无仇，你为何要杀我部下？今日若胜得了我手中的利斧，我就归降于你。如若不然，定将你捉回洞里，剜了心肝下酒。”

中原：在古代，中原在狭义上指的是今河南省一带；在广义上或指黄河中、下游地区

六郎闻言大怒，厉声喝道：“无端匹夫，欺人太甚！”说罢，挺枪直取孟良，孟良舞斧来迎。两人昏天黑地斗了四十多个回合，还分不出胜负。这时，六郎佯

六郎拈弓搭箭，“嗖”的一声，正好射中孟良的马腿

败而逃，孟良拍马随后紧追。这时岳胜从边上冲出来，拦住孟良又战了几个回合。六郎见岳胜抵住了孟良，便按住枪，拈弓搭箭，“嗖”的一声，正好射中孟良的马腿，孟良被马掀翻在地。几个宋兵赶上去，七手八脚地把孟良绑回山寨，押到六郎面前。

六郎说：“你已被我擒拿，如今肯不肯归降？”孟良说：“你用暗箭伤我坐骑，我一时大意才被你擒拿，叫我如何服气？”六郎笑着说：“既然你不服，我就放你回去如何？”孟良说：“你若放我回去，我必整顿兵马，再来和你决一胜负。你要再能擒住我，我便心服。”六郎说：“既然如此，我就放你回去，纵然你上天入地，我也能擒住。”当即命人放了孟良，把他送出了山寨。

孟良走后，岳胜对六郎说：“孟良乃是寇首，今日好不容易才擒拿到手，将军为何又把他放了？”六郎说：“刚才和他连斗几十回合，此人武艺不弱，我很是

云龙纹金酒注

酒注即酒壶，是存酒、倒酒的酒器。图中酒注为金质，直口，粗颈，方腹，圆筒形高圈足，其盖以金链与把相连。该酒注通体沙地，满錾如意云纹等，制作异常华贵、精美

喜爱。英雄难得，我想使他心服口服，将他招来做部将。不必担心，孟良不久还会被我们擒住。”

没过几天，孟良又带着部下来挑战。六郎略施小计，再次将他擒住。不料孟良仍然不服气，说：“不是我打不过你，而是你使诡计算计我，如今要杀便杀，我决不心服。除非你再捉我一次，我才死心。”

六郎见孟良如此言语，知道除非再擒他一次，否则难以令他心服，于是叫人又把他放了。岳胜忧虑地说：“只怕孟良这次再也不会来了。”六郎说：“你不用担心，他今晚肯定会来。”说罢，叫人在帐前掘了一个五六尺深的大坑，坑上用茅草盖好，然后让士兵们在大帐四周埋伏好。

当夜，六郎独坐帐中，在灯下秉烛看书。将近二更时分，孟良果然带人悄悄地来到了佳山寨。他让部下在外面等候，自己轻骑杀进帐来。他见四下只有六郎一人在看书，心中暗喜，挥斧向六郎冲杀过来。这时，只听“扑通”一声，孟良连人带马跌进坑里。四周埋伏的士兵一拥而出，将孟良擒住，押进了大帐。

六郎说：“孟将军若还不服，我可再放你召集人马，改日再战。”

孟良满脸通红，“扑通”一声跪倒在地，说：“孟良虽是草寇，却深知礼义廉耻，将军智勇双全，孟良怎敢不服。我情愿倾心服侍将军，再无他念！”

六郎大喜，下令大摆酒席，为孟良接风。酒席上，孟良说他有一位叫焦赞的朋友，现在芭蕉山占山为王，愿下山去请他归降。六郎大喜，当即应允。不几日，孟良便将焦赞请上了佳山寨。

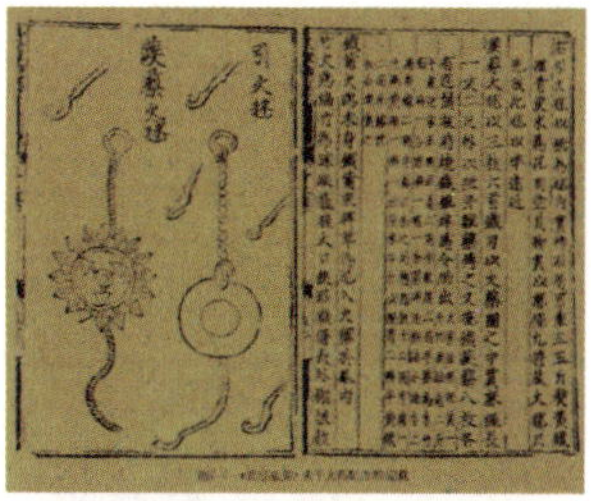

《武经总要》书影

它是中国第一部由官方主持编修的兵书，成书于宋代，分前、后两集。该书详细反映了宋代军事制度，并分析品评了历代战役战例和用兵得失。这部军事著作对于中国军事学术史和兵器技术史的研究，有较高的参考价值

孟良跪倒在地，情愿归顺杨六郎

黑釉木叶纹盏

图中此盏呈敞口，斜腹壁，矮圈足。施以黑釉，釉色肥厚匀净；碗内贴一树叶，形成生动美观的画面，为古代瓷器中不可多得的精品

第十六章

孟良盗马

六郎接连收了三员猛将，欣喜万分，和三人结为异姓兄弟，并派人禀报朝廷。真宗降旨封杨六郎为镇抚三关都指挥正使，岳胜、孟良、焦赞以下十八员大将为指挥副使。六郎等人受封后，又派人将陈林、柴干召上山。从此，佳山寨兵强马壮，勇将齐集，寨上杨家的金字旗号迎风飘扬，辽兵见了，再也不敢轻易来犯。

光阴荏苒，不久到了中秋佳节，六郎在山寨里和众将饮酒赏月。大家推杯换盏，正喝得尽兴，忽听六郎长长地叹了一口气，对岳胜等人说："我父亲身丧陈家谷，骸骨至今还埋在李陵碑下。我几次想派人去取回归葬，可惜没有可靠的心腹之人，不知何时才能了却这一桩心事！"

大家推杯换盏，正喝得尽兴，忽听见六郎长长地叹了一口气

岳胜听了，劝慰道："将军有此孝心，我等都能理解。只是现在宋辽交兵，番兵阻道，一时难以去取，此事还是从长计议吧。"

六郎听了岳胜的话，百感交集，泪流满面，起身离席而去。大家只好撤了酒席，各自散了。

孟良离席后，独自寻思六郎的话，心想："我三次蒙受将军不杀之恩，无从报答，如今他需要人出力，却没一个人能帮得上忙。我不如趁今晚悄悄出营，潜往陈家谷，替他了却这桩心愿。"孟良主意已

定，也不告知别人，乔装改扮成樵夫的模样，直奔陈家谷而去。

孟良来到陈家谷，找到李陵碑，但在碑周围却找不到老令公的骸骨。孟良正在焦虑之际，一名老者从这里路过。孟良以前做贼寇的时候到过幽州，学过番语，当即他用番语向老者打听道：“我听说杨令公的骸骨埋在这石碑后面，不知如今还在不在？”

老者说：“杨令公的骸骨，萧娘娘一个月前已经派人迁葬到城外的红羊洞里去了。”

孟良向一位老者打听杨令公骸骨的所在

孟良听罢，告别了老者，径直向幽州赶去。他晓行夜宿，这天在幽州城外不远处遇见一个渔夫。孟良见他手里提着鲜鱼，就上前问道：“您是要进城去吧？”

渔夫说：“我赶着明天给太后献生日贺礼，自然要进城。”

原来，第二天八月二十四日是萧太后的寿辰，渔夫们要依例向萧太后进献鲜鱼庆贺。孟良听了渔夫的话，灵机一动，也改扮成渔夫的模样，弄了一筐鲜鱼，带着混进了幽州城。

孟良进城后，多方打听，终于在幽州城郊的一处荒僻之地找到了红羊洞。这里是一片坟地，四周布满了坟冢。孟良找了半天，才在密密麻麻的坟堆里找到一个土墩，旁边立着一块小石碑，上面写着“令公冢”三个字。孟良等到天黑时，掘开坟墩，在里面发现了一个石匣。他猜想这一定就是令公的骸骨，便取出来用包袱包好，藏在身上，准备带着进城。

红羊洞：又作洪羊洞、洪洋洞。据说此洞位于北京市房山区良乡镇的望乡台下，杨继业的尸骨曾藏在此洞中。

孟良趁着天黑潜进马厩，在马槽里撒了些麻药

孟良来到城门口，被守城的辽兵拦住去路，搜查身上的包裹。

辽兵从孟良身上搜出了骸骨，厉声喝道："敢做这种勾当！莫非是宋朝的奸细？这骸骨是从什么地方掘来的？"

孟良急中生智，哭着说："小人不是奸细。我本是黄河边的捕鱼人，前日和父亲一同进城给太后献鱼，谁料太后赐宴时父亲多喝了几杯，竟然醉死了。这里到家路途遥远，小的无奈，才到郊外将尸体焚化了，包了些骸骨带回家去，岂有奸细敢来这里寻死的道理。"说完，哭得愈加伤心。辽兵相信了，就把孟良放了。

孟良进城后，急忙往驿站赶去。半路上，他忽然看见一队官兵护送着一匹宝马，只见这匹马眼睛碧绿，足足有六尺高。孟良看了，心里别提多喜欢了。他悄悄地向身边的人打听，才知道这马叫骕骦马，是西凉国进献给萧太后的寿礼。

当天夜里，孟良藏好令公的骸骨后，便去买了些麻药，然后偷偷地潜到饲养骕骦马的马厩里，把药撒进了马料中。

第二天，骕骦马就开始无精打采，不吃不喝。饲马官慌忙奏知萧太后。萧太后说："马不吃食，莫非是你们喂养不善所致？"

饲马官奏道："宝马本就不好喂养，如今不吃食，肯定是生病了。乞太后降旨招募天下名医医治，或许会有办法。"萧太后准奏，当即在城中四处张贴榜文，招募名医来给骕骦马治病。

孟良得知消息后，心中暗喜："此计若能成功，带了这马去献给皇上，那可是大功一件。"于是他便去揭

西凉国：（公元400－421年）汉族李暠所建，定都酒泉，是个人口不过百万的小国。盛时达今甘肃西部酒泉、敦煌一带，西抵新疆葱岭。

了榜，跟着守军去见萧太后。萧太后见了孟良问道：“你能治好这匹宝马吗？”

孟良说：“小人通晓医书，尤其擅长医马，待小人去诊断，不消一两天，管保医好这马。”

萧太后说：“你若能治愈它，哀家就封你一个重要官职。”

孟良拜谢萧太后，便随人来到马厩。孟良装模作样，仔细地给骕骦马检查了一遍，说：“这马病得甚重，如今要先立即治标，然后再慢慢治本。”

孟良说完，拿出一些药粉，给骕骦马灌了下去，然后说：“等到明天，它就会吃东西了。”

原来，马吃了孟良在马料里撒的麻药，看上去就像是病了。如今只要把麻药从马的胃中洗去，马自然而然就好了。

第二天，喂马的军人给马槽里撒了些香豆，骕骦马果然吃了起来。饲马官把这事奏告萧太后。萧太后大喜，即刻宣见孟良，对孟良说：“这匹宝马能好，都是你的功劳。如今燕州缺一员总管，就封你去担任此职。”

孟良听了萧太后的话，心想，我是为这匹马而来，谁稀罕你那燕州总管。但转而又心生一计，他向萧太后奏道：“蒙太后恩典，臣感激不尽。只是这马大病初愈，血脉未固，若不继续调理根治，只怕还会复发。乞陛下让我带去燕州慢慢调治，待它痊愈后再送还太后。”

萧太后说：“爱卿言之有理。”便下旨让孟良带着骕骦马去燕州上任，

战马

这是古代的战马雕像。图中马的形态矫健，一马做昂首奔走状，一马做俯首食草状。古代战马多为内蒙古河套一带的马种，此种马强健有力，善于奔跑，是世界上最优秀的作战良马之一

孟良随人来到马厩，装模作样地给骕骦马检查了一遍

孟良领命而出。他回到驿站，取了令公骸骨，骑上骕骦马，趁着天黑连夜逃出幽州城，向佳山寨的方向而去。

辽国的巡逻兵看见孟良没有去燕州，而是骑着骕骦马赶往了佳山寨的方向，连忙派人报告萧太后。

萧太后闻听大惊道："不好！中了贼人的奸计，宝马被他算计去了。"连忙叫萧天佑去追。萧天佑接了命令，带着轻骑出了幽州城，风驰电掣一般向佳山寨方向追赶而来。

孟良骑马飞奔，离开幽州已经二三百里，眼看就要到佳山寨了，突然听见后面传来马蹄声。孟良回头一看，只见后面尘土飞扬，孟良知道是番兵追来了，拍马紧走。来到了关口，守关的哨兵认出是孟良，连忙进寨报告六郎，六郎派岳胜、焦赞带兵出来接应。

岳胜领兵出寨，恰巧遇见孟良汗流满面而来。孟良嘱咐道："后面番兵追得紧，你们多加小心。"岳胜说："你先上关，敌兵我来对付。"孟良催马跑进了山寨。

孟良骑着骕骦马直奔佳山寨，萧天佑带人随后紧追

岳胜刚摆好队伍，萧天佑便挺枪跃马而来，他在马上厉声喝道："贼人盗了我大辽的骕骦宝驹，好好还我，饶你不死。如若不然，我定踏平三关，杀你个片甲不留！"

岳胜怒道："大胆番将，这里是由你来胡搅蛮缠的吗？"说罢，挥舞大刀，直扑萧天佑，萧天佑举枪还战。

两人正在激斗，焦赞一声怒吼，带领一队骑兵从后面攻了上来。萧天佑前后受敌，力不从心，拨转马头便逃。焦赞、岳胜乘势掩杀，辽兵大败，死伤不计其数。岳胜等一直追击辽兵到澶州边

焦赞、岳胜乘胜追击，辽兵大败，死伤不计其数

界上，才收兵回营，向杨六郎报告了杀败辽兵之事。

孟良私自离去，杨六郎已经猜到他去了幽州，如今见他平安回来，心中甚是欣慰。孟良对六郎详细地说了事情的经过，六郎大喜，拜谢过孟良后，一面派人去通知佘太君，把父亲的骸骨带回祖坟安葬，一面命人带了骕骦马进京，献给了真宗。

真宗得了这样的宝马，龙颜大悦，对大臣们说："杨延昭刚到三关时，就传来捷报，收服了三员良将。如今又夺得宝马来献，如此大功，朕一定要重赏。"

八贤王奏道："杨郡马忠心耿耿，一心为国，理应受赏。"真宗于是派使臣带了赏银、牛羊、绸缎等物品去佳山寨，犒赏众位将士，佳山寨一片欢腾。

不久，萧天佑带兵攻打澶州，杨六郎奉旨抗敌。在双龙谷之战中，杨六郎大败辽军，并杀死了萧天佑。自此，杨六郎带着他的十八员大将屡屡建立战功，辽兵闻风皆逃。

宋代银锭

在古代，白银常被铸成银锭，作为市场上大量流通的货币，或者朝廷拨付给军队的饷银。图为宋代银锭，呈束腰状，为宋代标准的称量货币

第十七章

怒杀谢金吾

枢密副使：官名，是五代至元时期最高军事机构枢密院的副长官，正长官为枢密使。宋朝时与中书省之同平章事等合称“宰执”，共理军、国大事。

王钦在朝廷里听到杨六郎在边关捷报频传，整天闷闷不乐。他自觉来到大宋后，为大辽未立寸功，如今杨六郎又成为辽国的心腹大患，于是便挖空心思想除掉杨六郎。

这天，王钦心生一计，派人去把枢密副使谢金吾请到府上。谢金吾见王钦满脸不悦，忙问原因。王钦说：“前日本官有事路过杨府天波楼，一时匆忙，没有下轿，就遭杨家一番羞辱。下官去奏知圣上，无奈八殿下庇护着杨家。下官思谋良久，不如就此辞官还乡，省得吃这些烦恼。”说完，连声叹气。

谢金吾听后，笑着说：“王大人不必如此，我略施小计，保管拆了他杨家的天波楼。”

王钦见谢金吾中计，心中暗喜，又装出关心的样子激他道：“谢副使不要争这些闲气，拆了天波楼，佘太君怎会善罢甘休。到时圣上怪罪下来，你我岂不是自取其辱。”

这话果然奏效，谢金吾激怒道：“大人稍待，看我如何拆毁天波楼。”

第二天，谢金吾带了一大队人马，故意趾高气扬地从天

谢金吾带了一大队人马，故意趾高气扬地从天波楼前经过

谢金吾向真宗进谗言，要求拆毁天波楼

波楼前经过。

佘太君此时正和柴郡主在家里闲坐，忽听门外一片喧哗之声，便让家人出去查看。不一会儿，家人回来报告，说是谢副使鸣锣开道从门外经过。佘太君勃然大怒，心说这还了得，当即拄着龙头拐杖，乘轿入朝去面见真宗。

鸣锣开道：封建官吏出行时，有人在前面敲锣，吆喝行人回避。其中，锣鸣 7 下，表示县太爷乘轿或行辕出行；鸣锣 9 下，是府一级的官员出行；鸣锣 11 下，代表省、道一级的官员出行；皇帝出行，则要鸣锣13下。现在则比喻为某事物的出现大造舆论，开辟道路。

真宗见佘太君来了，连忙起身相迎，并给佘太君赐坐，然后问道："朕不曾宣召，老太君来朝，莫非有事要奏？"

佘太君站起身来，回禀道："先夫蒙先帝厚恩，敕造天波楼。往日无论大小官员，经过天波楼时，都遵照皇命，下马回避。如今谢金吾故意骑在马上，敲锣打鼓而过，分明是轻慢朝廷，欺侮老身啊！"

真宗听了，命人把谢金吾传上殿，责骂道："先帝的遗旨，你怎敢违背？如今佘太君告你轻慢朝廷，你可知罪？"

谢金吾奏道："臣怎敢轻慢朝廷，只是如今天下人

六郎、九妹行至乌鸦林时，焦赞突然从林子里蹿了出来，拦住了去路

只知道有杨家将，却不知道还有皇上，臣觉得这委实不妥。望乞陛下拆毁天波楼，以正君威。”

真宗听了谢金吾的话，默默不语。王钦趁机煽风点火。真宗听了他们的谗言，便下旨由谢金吾监工，拆毁天波楼。

佘太君一听皇上下旨要拆天波楼，忧心如焚，赶忙下朝去找八贤王商议对策。八贤王沉吟良久，说：“圣旨刚下，一时难以挽回。如今只有一计，谢金吾是个贪财之人，你回去让人多花些钱财打点，让他宽限些时日，等遇到机会，我再去向皇上求情。”

佘太君一心要保天波楼，于是派人带了重礼去送给谢金吾。不巧的是谢金吾收受贿赂的消息被王钦暗中打听到，王钦跑去真宗面前又奏了一本。真宗即刻下旨，要谢金吾马上动工。谢金吾赶紧命人先去把天波楼的上层拆了，仅剩下中层。

八贤王眼看事态难以挽回，就让佘太君派九妹连夜赶去佳山寨，偷偷把杨六郎叫回汴梁商议此事。

六郎得了消息，忧愤交加，万般无奈，只好把边关事务托给岳胜、孟良代管，然后冒着擅离职守的危险，和九妹偷偷离开了佳山寨。临行前，六郎再三嘱咐岳胜，千万不要把自己私自回京的消息告诉焦赞。

半夜，六郎和九妹途经一个叫乌鸦林的地方，忽听一阵笑声后，一条黑影从林子里蹿了出来，叫道：“将军不让焦赞知道，我却已知道多时了！”六郎大吃一惊，喝说：“你不好好守关，私自跑来干什么？”焦赞嚷道：“你自己私自离关，倒来说我！我听说汴梁风光

金鹿形怪兽

图中金鹿形怪兽用金片锤打而成，底座为4瓣形，通体饰有云纹。怪兽眼球突出，角分4叉，叉端又各有一个怪兽头像。其造型奇特，雕工讲究

甚好，今天想跟你走上一遭！”六郎说：“你真是气死我了！我回京有要事，就怕被人发觉。你性情急躁，到京城一旦闯祸，到时谁来承担？快快回去，等我回来后，一定重重赏你。”焦赞不肯返回，说：“你要不带我去，我就自己去汴梁，把你私离三关的事情宣扬得全京城都知道。”

九妹见怎么都无法说服焦赞，只好向六郎劝道：“反正只有他一个人，哥哥就带他回去，只要他答应不惹是生非就是。”六郎万般无奈，只好答应，三人快马加鞭回了杨府。

佘太君见六郎回来了，失声哭道：“你父子八人归附朝廷，如今身边只剩你一人。现在谢金吾欺人太甚，让皇上拆毁天波楼，若不早日定计，眼看天波楼就要毁了。”六郎安慰道：“母亲不要担忧，等孩儿先去和八贤王商议。杨家尽忠报国，圣上不会不顾念的。”六郎随即前往南清宫去找八贤王。临走前，六郎把焦赞安顿在偏房里，专门派了两个军校看着，不让他外出生事。

焦赞刚到杨府，觉得新鲜，倒还算老实。几天过去，老是待在屋里，就坐卧不宁起来。这天，焦赞向两个军校央求道：“我跟将军来这里，就是想看看京城的风光，如今天天被你们监守着，还不如不来的自在。你们可怜可怜焦赞，带我去城里游玩游玩吧。”在焦赞的

宋朝夜市场面

北宋大都市市集兴盛，其不再集中于某一地区，而是散布于各条街道之中。据说当时政府登记的商家有6400百多户，还有大批没有注册的小商小贩。图中表现的就是当时热闹的夜市场面

佘太君向六郎哭诉天波楼被拆之事

再三肯求下，两个军校便带着焦赞，从后门偷偷溜出了天波府。

三人出了杨府，只见街上车水马龙、店铺林立，瓦舍勾栏，热闹非凡。焦赞看得眼花缭乱，只恨不能再长几双眼睛，口里还叫道："若非杨将军带我来，怎能见到如此光景！"军校惊得急忙去堵他的嘴："这里是京城，密探无数，小心走漏了风声！"焦赞笑道："随口说说而已，有什么关系。"说着，三人来到城东一家酒楼，一直喝到天色将晚，军校催焦赞回府。焦赞说："难得出来一趟，我们就在城里找一家客店住下，明天再回去不迟。"军校见拗不过他，只好答应。

瓦舍勾栏："瓦舍"又称"瓦子"，是宋代城市中的娱乐和表演场所；"勾栏"是在瓦舍中搭建的剧场。

将近二更时分，焦赞还不肯睡觉，拉着军校又上街闲逛。忽然，从一所大宅子里传来歌舞管弦的声音。焦赞说："那是谁家里？这么热闹！"军校说："快别问了！就是这里的主人谢金吾撺掇皇上拆天波楼的，想必现在正饮酒作乐，我们快快回去吧！"

焦赞一纵身，就跳过了谢府花园的后墙

焦赞一听这话，不由怒上心头，对军校说："你们在这里等着，我进去看看情形。"军校急得叫苦不迭："你要惹出事来，必定连累我俩。如今快快回店，明早悄悄回去，还可瞒过六将军，不然，我们先去报告六将军了！"焦赞一听这话，大怒道："要报告去报告好了，今晚我是非进去不可！"说完，一纵身就跳过了谢府花园的后墙。

焦赞进了谢府，顺着乐声一直找到厅堂外。他蹑手蹑脚地来到窗下，用手指捅破窗户纸，偷眼往里瞧去。只见屋里歌舞升平，乐工、歌女林立两旁，一个尖嘴猴腮的男人坐在席上，已经

喝得烂醉如泥。焦赞心中暗想："这大概便是谢金吾那狗官了。"焦赞正要闯进去，忽然背后传来脚步声。焦赞回头一看，只见一个丫头手捧酒菜正朝这里走来。焦赞来不及躲藏，生怕她发现自己坏了大事，便一个箭步上去挥刀结果了她的性命，再补一刀又把她的头砍了下来。焦赞一手提头，一手握刀，踢开房门蹿进了厅堂。他把手一扬，手中的人头便直朝谢金吾打了过去，不偏不倚，正打在谢金吾的脸上。谢金吾吓出一身冷汗，酒也醒了。他胡乱抹了抹脸上的血，定睛一瞧，只见一个满脸漆黑的人站在面前，不由大声喊道："有贼！来人啊！"

焦赞来到谢金吾跟前，用刀指着他的脸说："弄权奸贼，认得你焦爷爷吗？"

焦赞来到谢金吾跟前，用刀指着他的脸说："弄权奸贼，认得你焦爷爷吗？"说完，不等他回答，手起刀落，就砍下了谢金吾的脑袋。一旁的仆人、歌女、乐工见此情形，吓得四散逃窜。焦赞杀得兴起，抢进房里，不管三七二十一，把谢金吾一家老小全杀了。

这时已是三更时分，焦赞看见屋里摆的一桌酒菜，便坐下来美美地吃了一顿。吃完后，焦赞见四下寂静无人，心想："大丈夫一人做事一人当，谢金吾是朝廷重臣，这事传扬出去，岂不是要连累别人，不如留下我的名字，免得祸及他人。"想到这里，他蘸着地上的血，在墙上写了两行大字："天上有六丁六甲，地下有金神七煞。若问杀人者是谁，来寻焦七焦八。"题完，就从原路返回，跳出后墙，那两名军校却早不见了踪影。焦赞不知去往何处，便在城墙下的角落里躲了一夜。第二天一早，他悄悄返回了杨府。

伎乐俑

宋代市井文化十分丰富，瓦舍勾栏盛行。一般达官显贵的家里都有专门的乐工、歌女为他们表演。图中的伎乐俑手持乐器，俨然正为主人表演

第十八章

智救杨六郎

谢金吾死后，一名巡夜军校接到报告，急忙把消息报告给了王钦。王钦派检验官来到谢金吾家检视，只见谢金吾一家十三口全部被杀，四下都是血污，墙上还留有凶手题的两行字。此事立刻轰动了京城，真宗得奏大惊，命令王钦查办此案。王钦对真宗说："为臣已经查到真凶，杀谢副使一家的是杨六郎新招的部将焦赞。"

真宗大惊："杨郡马镇守三关，怎么会有部将进城杀人？"王钦说："皇上有所不知，杨延昭前几日私自离开佳山寨，带焦赞一起回京。依为臣看，一定是杨延昭得知谢金吾带人拆毁天波楼，便私下三关来报仇。焦赞在杀人现场留有姓名，可以为证。乞陛下立即下旨，将他二人捉拿问罪。"真宗准奏，命人带了四十名禁军到天波府捉拿杨六郎和焦赞。

真宗派了40名禁军到天波府捉拿杨六郎和焦赞

禁军来到天波府时，六郎正在和佘太君计议天波楼的事，听说焦赞杀了谢金吾一家十三口，六郎大惊道："这狂奴才，坏了我的大事。"话音未落，禁军一齐拥过来，将六郎捉了。

这时，焦赞从屋外手持利刃闯了进来。禁军见他如凶神恶煞一般，都不敢靠近。六郎喝道："大胆狂徒，生这么大的祸端，还敢拒捕不成？如今快跟我去见皇上，再做分辩。”焦赞不以为然地说：“我生平杀人无数，还在乎这十三个不成！将军和我一同回佳山寨，看他们能把你我如何。”

六郎气得浑身发抖，厉声喝道：“休得胡言乱语，今日不听我话，先砍了你的脑袋！”焦赞这才不情愿地放下利刃，禁军上前把两人绑上了金殿。

真宗下旨将六郎发配到汝州做工三年；免去焦赞死罪，发配邓州充军

真宗见了六郎，怒不可遏，厉声问道：“大胆杨延昭！朕未下圣旨召你，你为何私下三关？你上次擅杀潘仁美父子三人，先帝饶了你的性命，朕又赦了你的罪过。如今又杀谢金吾一家十三口，可谓目无王法！来人，将杨延昭押赴市曹斩首。”六郎说：“求陛下暂缓施刑，待为臣陈述因由，如真是为臣之罪，臣万死不辞。”真宗说：“朕允你陈述。”六郎说：“为臣镇守三关，数年不曾回家，忽闻报说谢金吾带人拆毁天波楼，家母忧虑成疾，臣因来不及启奏陛下，便私离三关。陛下若治臣擅离职守之罪，臣死而无怨。至于谢金吾一家被杀之事，为臣实在不知。”

市曹：市内商业集中之处。古代常于此处决人犯。

真宗听了六郎的话，半晌无语。这时，王钦奏道：“焦赞杀人确凿无疑，当日为谢家仆从、乐工目睹，况且又在壁上留有笔迹。若不将杨延昭、焦赞处斩，万不足警醒世人。”真宗正迟疑不决，八贤王奏道：“杨六郎私离三关有罪，但情有可原。焦赞杀人，论罪当斩，但念他镇守三关有功，还请圣上从轻发落。”真宗再三

六郎和焦赞拱手道别，跟着公差前往各自的发配之地

斟酌两人的话。几天后，真宗下旨，将六郎发配到汝州做工三年；免去焦赞死罪，发配邓州充军。

杨六郎得知消息，悲伤不已，来向母亲辞别。佘太君老泪纵横道："杨家不幸，你这一去，让老身我晚景依靠何人？"

六郎安慰说："母亲不必担忧，如今焦赞杀了谢金吾，也算为朝廷除了一害。孩儿发配之后，八殿下一定会想办法周全天波楼一事。至多两三年，我们母子就可相见。"

六郎话音未落，焦赞进来对六郎说："听说朝廷要将我充军邓州，真是笑话，我焦赞晓得什么充军！如今特来邀将军一起回佳山寨，你也不要到汝州去了。"

大赦天下：古代新皇帝登基或者皇宫有重大喜庆时，皇帝为显示仁德，通常会赦免一批罪犯，这种行为叫大赦天下。

六郎说："圣旨已下，我们只好依从。你也去邓州忍耐个一年半载，等待皇上大赦天下时，我们便能重回山寨，若再违抗法令，只能罪加一等。"

正在这时，王钦派了四十名公差，来催六郎和焦赞上路。六郎让焦赞先跟公差起身，自已随后也辞别佘太君、柴郡主上路了。

八姐、九妹一直把六郎送到了十里长亭才返回。这时只见焦赞正在路口等候，看见六郎过来了，焦赞说："我这一去，不几天就会到佳山寨，到时我叫上岳胜哥哥等人，一起去救你。"

六郎喝道："不要胡说！我罪不至死，你也忍上些时日，我们就能重逢。"焦赞听了放声大笑，和六郎告别，跟着公差径奔邓州而去。

六郎随后跟着公差上路，不几日便到了汝州。

公差把六郎及批文交付给汝州太守张济。张济看完公文，先把公差发付回京，又把六郎请到后堂，问道："听说将军镇守三关，辽人畏服，此番因何犯了发配之罪？"

六郎叹气道："一言难尽。"就把焦赞杀死谢金吾的事告诉了张济。

张济叹息道："国家不幸，致使奸臣横行，忠良含恨。不过常言说善有善报，恶有恶报，将军只需暂且忍耐，朝廷以后定会重新起用。公文上说，要将军去城西万安驿监造御酒，每年向朝廷进献三百坛。将军暂且先去，忍耐个一年半载，遇到皇恩大赦，便可回京。"

六郎拜谢了张太守，就去了城西，从此每日起早贪黑做工。

再说杨六郎被发配到汝州后，王钦还不死心，一心要置六郎于死地。这天，王钦忽然想到如今朝廷非常看重酒税，而监造御酒又是个非同小可的差事。想到这里，王钦心中暗喜，他想，杨六郎，只要我再参你一本，定然让你一命归西。

第二天早朝，王钦出班向真宗奏道："据臣所知，杨延昭目无国法，发配汝州不到一个月，就无视朝廷禁令，私自卖酒，聚敛钱财，以为造反之用。乞陛下早日将其正法，免生后患。"

私卖御酒已经不得了，更何况王

容酒器

图中容酒器呈敞口，折肩，下腹稍内收，高圈足，为古代一种高体的大型或中型的容酒器具

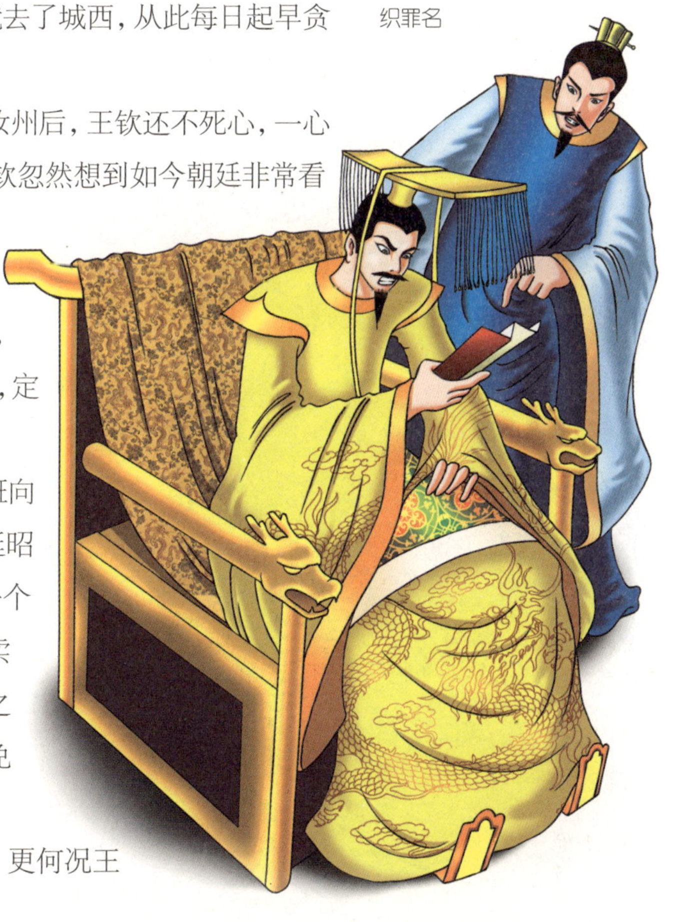

王钦在真宗面前给杨六郎罗织罪名

钦又莫须有地给六郎罗织了一条造反的罪名。

真宗一听王钦的话，登时勃然大怒，说："杨延昭唆使部下杀死谢金吾一家，朕念他是功臣之后，免了他的死罪。如今他又私卖朝廷之物，罪大恶极，再难宽容。"当即下旨，令呼延赞即刻前往汝州，提杨六郎的首级回来。

圣旨一下，满朝大臣无不愕然。八贤王出班力保六郎，奏道："杨延昭一心为国，忠心耿耿，岂能做出这等事？他一定是受奸人构陷，陛下切勿听信一面之词，而误杀忠良之臣！"

千岁：中国封建社会对王爷的称呼。因为当时最高统治者——皇帝被称为"万岁"，王爷便被称为"千岁"。

真宗见八贤王又来为六郎作保，大为不悦，说："爱卿屡次为杨六郎开脱罪责，难道前几日他的部将杀死朕心腹大臣谢金吾也是假的不成？"八贤王一时语塞，无言以对。

散朝后，八贤王来找寇准商量对策。寇准说："天幸奉旨的是呼延赞！如今只有一计，让呼延赞到了汝州后和张太守商议，找一个容貌和六郎相像的犯人，取他的首级回来交差，然后暗中放六郎逃走。以后国家若遇危难，我们再保举六郎出来。"

八贤王找寇准商议如何搭救六郎

八贤王觉得有理，就秘密找呼延赞说了此事，呼延赞说："请千岁放心，此事我自有主张。"

当日，呼延赞辞别众人赶赴汝州。到了汝州，见到张太守，呼延赞将皇上要杀六郎的事说与他听。张济听完吃惊地说："纯属子虚乌有！杨将军初来乍到，怎会有此事？一定是有人从中作梗，故意陷害杨将军。圣上为何要听信谗言，杀害忠良？”

呼延赞说：“这罪名是权臣王钦加的，皇上龙颜震怒，八贤王力保，皇上也不肯收回成命。如今只好请太守协助，为我大宋保此功臣。”然后，呼延赞就把八贤王所说的计策告诉了张济。

张济一听大喜，说：“正与下官的意思暗合。如今辽兵强盛，没有了杨将军，边境怎能安宁？”

两人计策已定，张太守就叫人把六郎召来，将此事如实相告，让他装扮成客商模样，逃往远处去避难。六郎拜谢出了太守府，换了身轻便衣服，悄悄离开汝州，径自向天波府奔去。

六郎换了身轻便衣服，悄悄离开了汝州

六郎走后，张济把狱官伍荣召来，让他在死刑犯里搜罗和六郎面容相像的人。这天，伍荣来向张济复命，说找到一名叫蔡权的死囚，此人的面貌与杨六郎非常相像。

张济命人斩了蔡权的首级，然后交给呼延赞，让他带着星夜赶回汴梁复命。

呼延赞快马加鞭，赶到京城时，正值真宗早朝。呼延赞进朝献上六郎的首级，真宗亲自验看，只当是真的。满朝文武大臣，无不低头叹气，没有一个人起疑。

八贤王怕被人看破真相，向真宗奏道：“杨延昭今已伏法被杀，乞陛下将他的首级发还杨府安葬，亦见得陛下不忘功臣。”真宗准奏，命禁军把六郎的首级送回杨府。佘太君等人不明内情，都以为六郎真的被杀了，全府上下一片悲恸。

直到很久后，六郎辗转回了杨府，众人才知道内情，悲喜交加之际，将他藏在地窖里，静待时机。

宋代小工商业者砖雕

图中砖雕上是一位挑担的小商贩形象。宋代商业繁荣，大小城镇都有境外客商，六郎扮作客商模样更容易掩人耳目

第十九章

兵困魏州

六郎被杀的消息很快传到了佳山寨，岳胜、孟良号啕痛哭，声震原野。

孟良骂道："奸臣当道，朝廷昏庸，将军死了，我们还守这劳什子关做什么？不如大家散了，各自谋生去吧！"

草头天子：强盗的头领，旧时亦指入山聚众起义的首领。

岳胜说："此话正合我意！"

两人商量已定，让刘超、张盖带人在山下盖了一座祠堂，为六郎塑了座像，又在像两旁塑了十八个副指挥使，让他们陪伴六郎。然后，两人把寨里积聚的财物和大家平分了，拆毁了山寨。

岳胜、孟良听说六郎死了，便拆毁了山寨，遣散了众人

当日，众人摆酒痛饮一番之后，便各自散去。陈林、柴干率领原来的人马前往胜山寨驻扎；岳胜和孟良反上太行山，给部将们封了丞相等职务，称起草头天子，从此打官劫舍，当起了强盗。焦赞在邓州听说六郎被杀，也越狱逃走了。

杨六郎一死，可乐坏了奸贼王钦。他悄悄写了一封密信，派一名心腹连夜送到辽国萧太后手中。

萧太后拆开密信，只见信上写道："臣自赴南朝，常思报答君后之恩，只因杨六郎在，无由得遂。今臣已略施小计，使宋君枭其首级，为臣目睹。

如今可乘宋朝不备，整顿六师，大兴征伐，边境必望风瓦解。臣在朝中配合，攻灭大宋，只在旦夕。望太后与文武大臣商议，切勿错失大好良机。”

师盖向萧太后献计，蓄谋夺取中原

萧太后看完信后大喜，随即传给文武大臣观看。萧天佐奏道：“王钦信上说得明白，乞陛下早定出兵大计，以夺取中原。”萧太后点头认同。

这时，忽听一人奏道：“陛下，贸然发兵，只怕难以取胜。”

众人一看，说话的是大将军师盖。萧太后问道：“爱卿何以见得难胜？”

师盖说：“杨六郎虽亡，大宋却仍是统一的强国，边关将帅手握重兵，不下数十万之众。若轻率进兵，未必能胜，只有设计智取，让宋兵首尾不能相顾，才能唾手而取中原。”

萧太后说：“愿闻爱卿妙计。”

师盖说：“辽宋边境的魏州有个铜台，本是晋代皇帝的陵寝，如今宋朝守军懈怠，武备不修。陛下可派人夺下铜台，然后整饬园林，开凿玉池，种植花果树木，而后诈称天降祥瑞，就说池里的水可以当酒喝，树叶可以酿造美酒。再把这件奇事传到中原，让王钦从中诱骗，引宋朝皇帝前来游玩，然后我们出兵把他团团围住。到时候，陛下亲率精兵，乘虚直捣汴梁。那时取宋朝天下，岂不是易如反掌？”

萧太后听了师盖的计策，心中大喜，马上命人秘密潜往汴梁告知王钦。然后一面派遣师盖带领能工巧匠去铜台修筑亭台楼阁，种植奇花异卉；一面命令萧天佐等人整顿操练兵马，为开战做准备。

陵寝

古代帝王通常都会为自己修建大规模的陵寝，以备死后安葬享用。图为宋代陵寝遗址的石刻镇墓俑

师盖带人去修葺铜台陵寝，不到一个月便修整完毕

不到一个月，铜台园林就已修整完毕。很快，魏州天降祥瑞的消息就传到了汴梁。一传十，十传百，越传越神，终于传到了真宗耳中。真宗惊叹不已，说："天下竟有这等奇事！"王钦乘机奏道："太平年间，才能有这等千载难逢的盛事。陛下可整顿六师，亲自前往观看，一则巡视安抚边民，二则让番人见识见识我大宋国威，让他们再也不敢南下侵犯。"

真宗龙颜大悦，当即就要下令御驾巡幸魏州。八贤王急忙劝阻道："魏州地接辽国边境，近来又无甚防备，陛下御驾一动，辽兵如乘虚而入，到时谁来保卫京城？万望陛下以社稷为重，不要轻信这样的传闻。"真宗却不以为然地说："朕让柴驸马和寇爱卿留守京城，必定能保证京城的安全。"八贤王见劝不动真宗，只好怏怏不乐地离去。

第二天，真宗就下旨任命呼延赞为保驾大将军，光州节度使王全节、郑州节度使李明为前后扈从，起驾往魏州进发，八贤王以下的文武官员全部伴驾随行。不几日，车驾和大军就到了魏州，进城驻扎。第二天，真宗带着群臣前往铜台陵寝游玩。这时的铜台陵寝早已被师盖带人修葺一新，只见林子里的树叶上包着东西，玉池里泉水泛红。真宗让人取出泉水来品尝，果然有淡淡的酒味。军校摘下树叶，揭开来看，里边为醇香的米酒，但细瞅便会发现是被人包进去的。

皇帝出行

北宋卤簿大钟上刻有皇帝出行的画面，图中仪仗队阵容庞大，极尽奢华，向人们展示了古代帝王奢靡的生活场景

八贤王见状气愤地说："什么天降祥瑞？陛下为来观看，兴师动众，如今只怕是辽人的奸计，故意要引陛下前来。陛下若不立刻回京，必定落入辽人的圈套！"真宗这时也心生疑虑，下令兵马返回。不料萧天佐、土金秀等人已率领十万兵马而来，将魏州城团团围住。探

马飞奔来报，真宗惊得面如土色。八贤王说："事已至此，只有先坚守城池，再伺机派人回京搬救兵了。"真宗听了，慌忙下旨，命呼延赞坚守城池。

第二天，土金秀领兵来攻城，呼延赞出城迎战，被土金秀射中马腿活捉了去。失了呼延赞，真宗更加焦虑不安。八贤王说："辽兵最怕杨六郎，可挑选一些士兵扮成杨六郎和他的副将，打出杨家将的救援旗号，在城上走动。辽兵见了肯定害怕，我们再借机杀出去，或许还能破敌。"真宗允奏，下旨命众人分头准备。

次日一早，魏州城上战鼓喧天，杨字帅旗随风飘扬。"杨六郎"带着副将来回巡视。辽兵不知虚实，吓得纷纷四散逃窜，萧天佐拆营而去。王全节与李明开城追击，杀伤辽兵无数。王钦秘密派人把消息告诉了萧天佐，萧天佐随即回兵又围住魏州城。真宗见计策被识破，又惊恐不安起来。八贤王趁机奏道："陛下要脱这一难，除非杨六使亲临。陛下可出一张赦书，在全国寻找，或许还能找到。"真宗虽觉得八贤王的话蹊跷，但仍发了赦文，命王全节带着杀出城，直奔汝州。

宋代撞车

宋代的一种攻城工具，由撞锤、锤柄、支架等几部分构成。攻城时，可用巨大的尖状撞锤用力撞击城门，将其攻破

真宗听说辽兵将魏州城团团围住，不禁大惊

宋文官雕像

图中人物头戴长翅官帽，手持笏板，是典型的宋代文官形象

第二十章

六郎破辽

王全节带着圣旨星夜赶到汝州，见到太守张济，说："圣上被困魏州，事态紧急，如今众位大臣作保，已将杨六使前罪赦免，着他率兵前往救驾。望太守速速帮我寻找杨将军。"

张济说："六使的首级已经献交朝廷，怎么会有第二个？你叫下官找，不是为难下官吗？"

王全节听张济这么说，郁郁不乐地叹息道："找不到杨六使，圣上必定难逃此劫，下官也难以回去复命。"

张济不敢说出真相，是害怕担当欺君之罪。如今见王全节这么说，知道事态紧急，于是暗示道："将军若要追究，可去天波府探听，我汝州决无此人。"

王全节无奈，只得离开汝州，径自赶到天波府来见佘太君，向她说了皇上赦免六郎，让他去魏州救驾之事。

佘太君说："小儿的首级早已下葬，哪里还有第二个六郎？可能是大臣们无计可施，编了这话安慰圣上。你快回去复命，不要贻误了军情。"

王全节万般无奈，只得即刻动身赶回魏州复命。王全节回到魏州城下，杀开一条血路，李明也趁机率兵杀出城外，把王全节接应进城。

王全节见到真宗，奏道："为臣先

王全节请汝州太守张济帮他寻找杨六郎

到汝州，没有找到六使下落；又到天波府追寻，都说杨六使已死。”

真宗闻言长叹道：“堂堂天朝，朕有危难时，竟无一人能领兵退敌！”

真宗又和众大臣商议对策，大臣们都说：“敌军气势很盛，就算姜子牙复生，料得也无计可施。”真宗听罢，整日茶饭不思，郁郁寡欢。

八贤王见事情紧急，万分焦虑，向真宗奏道：“如今别无他法，臣只得亲自走一遭，到杨家去找杨六使。如果六使真的已死，臣也会调派藩镇守将领兵前来救援，请陛下和各位将军先在此坚守！”真宗准奏，命王全节、李明保着八贤王杀破重围，把他送出城外。

佘太君见八贤王亲自来到，就把六郎从地窖里叫了出来

八贤王快马加鞭，来到天波府。佘太君见八贤王亲自来到，便引着他来到六郎藏身的地窖，然后把六郎叫出来拜见。八贤王见到六郎，嗟叹不已，说：“若不是当初之计，如今怎能再见到郡马？”

六郎感激地说：“殿下的大恩，六郎永志难忘。”

八贤王说：“如今圣上被困魏州，事态紧急。圣上赦书已下，还望郡马速速赶去救援。”

六郎说：“我听说佳山寨人马已经四散，如何能去救援？如今只好先去各处召集众人，才可去魏州营救。”

八贤王说：“事不宜迟，我先去调拨边境军队，你去召集旧部，我们再一同去魏州救援。”六郎点头答应。

六郎送走八贤王后，便辞别佘太君，往三关方向赶去。这天，六郎先行来到邓州，四处打听焦赞的消息，却音信杳然。六郎行到锦江口，正不知道到哪里找焦赞，突然看见一伙和尚议论纷纷地从身边经过。六郎便

姜子牙

姜子牙也称姜尚、吕尚，商朝末年人。相传他曾在昆仑山师从元始天尊学道，后奉师命下山辅佐周室。姜子牙在道教和民间有较高的地位，是一个被神化的历史人物

六郎进得门来一看，果然见焦赞正躺在香案上鼾声如雷，睡得正香

上前去询问，僧人们说：“施主有所不知，此地的泗川堂出了一个癫汉子。这人专和出家人过不去，遇见僧人、道人就抓去为他的主人做超度。此人性如烈火，我们哪敢违拗，只得赶去赴命。”

六郎听了僧人的话，心头一喜，心想这癫汉子一定是焦赞，便跟着僧人们来到泗川堂。六郎进得门来一看，果然见焦赞正躺在香案上鼾声如雷，睡得正香。六郎上前摇他，焦赞被摇醒，睁圆眼睛大声喝道：“是哪个不怕死的，敢来打搅你大爷！”

六郎连忙喝道：“焦赞不得无礼！”焦赞瞪眼一看，见是六郎，大吃一惊，一个跨步跑上前来抱住问：“你是人还是鬼？焦赞在这里请人超度你多日了！”

六郎哈哈笑道：“哪有白日见鬼的道理？你跟我来，我们出去说话。”焦赞放开六郎的手，屈身就拜，僧人们纷纷掩笑而散。六郎带着焦赞出了城西桥，和他说了呼延赞、张济相救之事，又把真宗被困魏州、八贤王

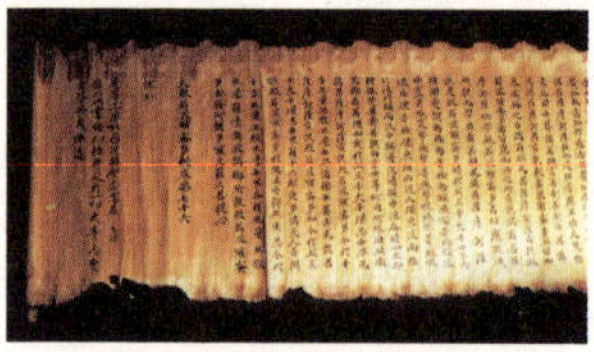

《大般若波罗蜜多心经》写本

古人迷信六道轮回，认为诵经可以帮助亡灵脱离苦海，所以在亲友或眷属亡故之后，便请僧侣或尼姑来为亡者诵经、礼忏，目的是为了慎终追远，报答亲恩。图中所示便是用作诵经的经文

奉旨召请他去救驾的事告诉了焦赞。焦赞听罢大喜，说："我只当将军被朝廷所害，今日又得相会，真是快活死我了！"

第二天，两人经过汝州，拜见了太守张济，径直奔三关而去。这天，两人来到杨家渡，只见烈日当空，四下里不见一个船家。

焦赞便到上游去找船夫，谁知船夫说这渡口是一个叫杨继宗的人的，他们不敢私自渡人。焦赞无奈，只好去找这个杨继宗。杨继宗此时正在岸上的亭子里和一伙人赌钱，见焦赞面生，很不耐烦。焦赞心头火起，拔刀便向杨继宗砍去。杨继宗见焦赞无礼，勃然大怒，举刀相迎。两人你来我往，却只打了个平手。

这时，六郎赶来了，他喝住焦赞，上前向杨继宗施礼道："在下杨延昭，要去三关召集部将前往魏州救驾，特来借船渡河，壮士何故不允？"

杨继宗一听眼前的人是杨六郎，立刻倒头便拜："在下杨继宗，小号太保。久闻杨六使大名，如今得见，大慰平生，适才多有得罪。"六郎扶杨继宗起来。杨继宗当即邀请六郎到家中，设宴款待。酒席间，杨继宗说："若将军不弃，我愿率部跟随将军，一同去魏州救驾。"六郎又得一员良将，心头大喜，约定找到孟良、岳胜后，便回来召杨继宗同去魏州。

杨六郎和焦赞辞别杨继宗，径直赶往太行山。几番周折之后，二人终于找到了孟良、岳胜。二人见六郎还活着，又惊又喜，簇拥着六郎上了山寨。

上山后，六郎说："以后我们再好好叙旧，如今事态紧急，皇上被辽人困在魏州，我们速速准备，先去铜台救驾。"

船

船是居住在河湖附近百姓的重要生活工具，人们一般用它打鱼或摆渡并以此为生。图为陶船，代表了古代船只的一般形制：船首有碇，用于船只的停泊；船后有舵，舵杆通过舵室固定在尾部

杨继宗单膝跪地，上前拜见杨六郎

骑马武士纹铜牌

在古代战场上，骑马武士是对阵杀敌时的中坚力量。图中铜牌上便饰有骑马武士的图案，造型别致，人物形象栩栩如生

岳胜听了，非常不满，骂道："那个昏君，用得着了，千好万好；用不着了，要杀就杀。老天开眼，把将军还了我们，如今还救什么驾？我们不如杀进京城，自己当皇帝，你我兄弟君臣相称，岂不快活？"

众人你一言我一语，越说越离谱。六郎喝止道："不要胡说！才几个月不见，怎么都变了心肠？我们要尽忠报国，百世流芳，怎能贪图一时快活，留下千古骂名？"岳胜不敢再多嘴，当日在山寨大摆筵席，众人开怀畅饮，很晚才散去。

第二天，六郎派人去把刘超、张盖的部队招来，又命人通知陈林、柴干。不几日，陈林、柴干率部赶来。这时，六郎在太行山下又聚集起二十二员战将、八万精壮兵马。六郎高兴地说："有了这些人马，已经足够胜敌了。"

六郎劝说孟良、岳胜二人跟随自己去铜台救驾

准备已定，六郎派人到汴梁去报告八贤王，约好了出兵日期。这一天，六郎整顿好兵马，点集众将，扯起一面"杨六郎魏州救驾"的大旗，一声炮响，率军离了太行山，向魏州进发。

大军行至黄河渡口时，探马忽报有一队兵马赶来。六郎让人前去探视，原来是前几天结识的杨继宗率部而来。杨继宗与其手下一起加入了救驾大军。六郎在马上看见自己的部队军容庞大，号令严整，心中不胜欢喜。

几天后，大军来到澶州境内，八贤王也带着四万人马赶来，两军会合，在澶州城驻扎一晚。第二天，六郎把岳胜找来，对他说："主上被困魏州，时日已久。你做先锋，先杀过去，挫

挫辽兵的锐气。”岳胜领命而去。

六郎又唤来孟良、焦赞，吩咐道：“你和刘超、张盖、陈林、柴干等人各带两万兵马，分左右两翼攻入辽兵中军。我与八贤王率精兵做后应，必定大获全胜。”孟良等也领兵而去。

第二天，众人正要发兵，忽见一队辽兵飞奔而来。岳胜率军杀散辽兵，截获一辆囚车，正是呼延赞，随即把他救了下来。

押解呼延赞的辽兵败回辽营，告诉了萧天佐杨六郎带兵来援之事。萧天佐大惊，慌忙下令各营整兵迎战。萧天佐还未分派完毕，岳胜已领兵杀到。萧天佐慌忙让辽将耶律庆先去迎战。

耶律庆拨马要逃，被岳胜追上，一刀结果了性命

耶律庆冲出阵营，与岳胜战在一起。两人正在激战，孟良、焦赞从左右两翼攻来，一阵砍杀，劈死了辽将刘坷、师盖，打得辽兵溃不成军。

耶律庆见状拨马就逃，岳胜追上去一刀结果了他的性命。孟良领兵一直杀至魏州城东门敌楼。此时真宗被困在魏州城，粮草已断，形势相当危急。真宗和大臣们正望眼欲穿，忽见杨家大军杀来，无不欢欣鼓舞。李明、王全节打开城门，率领城内守军夹攻辽军。辽军丢盔弃甲，抱头鼠窜。宋军长驱追击，直杀得尸横遍野，血流成河。萧天佐、土金秀见大势已去，收拾残兵败将，逃回幽州。

辽军退去后，六郎进城拜见真宗。真宗感念六郎救驾有功，加封他为三关都巡节度使。六郎拜谢君恩，辞别众人，带着大军又回了佳山寨。

第二十一章

吕客布阵

椿岩看了一眼，一伸手就把那张榜揭了下来

萧天佐兵败回到幽州后，向萧太后说了杨家将复出的事。萧太后听罢，害怕宋兵兴师讨伐，愁得坐立不安。这天，萧太后与群臣商议道："我们刚刚兵败，又听说宋朝正在计议攻打我大辽。如今杨家将兵强马壮，倘若率兵来攻，到时谁能抵挡？"

萧太后话音未落，韩延寿奏道："如今大辽旧将，大多已经老迈不堪，乞太后发下榜文，招募有才之人，委以帅职，以备宋军来犯。"萧太后觉得有理，就命人写了榜文，张挂于城门。

这天，一个叫椿岩的人来到幽州城，看见城门外围着一堆人在看一张榜文，便走上前去。他看了一眼，一伸手就把那张榜揭了下来。看守榜文的辽兵抬头一看，只见揭榜的人生得面如黑铁，相貌极其怪异，忙带他去见萧太后。

萧太后一见椿岩，大惊道："世上怎么会有这种长相的怪人！"于是盘问他的根底。椿岩说："小臣名椿岩，世代居住碧萝山，兵书战策、十八般武艺，无所不通。"萧太后大喜，封椿岩为团营都总使。

辽人头像复原图

图中是典型的辽人形象。辽人一般身材较矮小，其面容和发饰与中原人有着很大的区别

再说真宗回到汴京后，念念不忘魏州被围的奇耻大辱。这年春天，他任命光州节度使王全节为南北招讨使，李明为副使，兵分三路，讨伐辽国。不几天大军就

来到宋辽边境的九龙谷，在那里扎下大寨。

消息传到幽州，萧太后大惊失色道："不想宋兵来得这么快！"急忙问文武大臣谁能出兵退敌。话音未落，只见椿岩应声而出，奏道："陛下不必担忧，臣举荐一人，只要请他来，退宋兵、取中原易如反掌。"

萧太后忙问是谁，椿岩说："他是小臣的师父，姓吕名客，现在就在门外等候太后召见。"

萧太后立即命人传召吕客上殿。待吕客上得殿来，萧太后一看，只见他长得神清气爽，风度儒雅。萧太后心中暗喜，心想，此人相貌不凡，必有奇才。

鲜卑国：古代位于中国东北部的一个国家，由鲜卑族人建立。鲜卑族在先秦时已活动于大兴安岭山脉中部与北部，其名最开始出现是在东汉初年。

吕客上前奏道："为臣听说太后要与宋朝作战，特来助一臂之力，以取其天下。"

萧太后问："爱卿需要多少人马？"

吕客说："宋人善战，我们可以摆阵来斗他。依臣之见，幽州的兵马还不够，陛下还须向鲜卑国、森罗国、黑水国、西夏国、长沙国这五国各借兵五万。小生仗平生所学，排下一座大阵，定能使宋朝君臣心胆碎裂，拱

吕客向萧太后献计，意图攻灭宋朝

文武大臣们传看阵图，却没有一个人认识

手投降。”

萧太后听后大喜，赞道：“爱卿真乃姜子牙重生，诸葛亮再世！”当即封吕客为辅国军师、北都内外兵马正使，吕客拜谢而去。随后，萧太后派遣五名使臣，带了重金向鲜卑等国去借兵。

鲜卑等五国的国君得了辽国的重金，无不欣然答应，如数派了兵马，赶赴辽国助战。鲜卑国派了黑靼靼令公马荣为帅，森罗国派了亢金龙太子为帅，黑水国派了铁头黑太岁为帅，西夏国派了公主黄琼女为帅，长沙国派了驸马苏何庆和霸贞公主为帅，不几日便陆续来到幽州。萧太后让吕客进行分兵布置。

吕客说：“此次出兵非同小可，请陛下再召回云州守将耶律休哥、蔚州守将萧挞览等，倾尽全国兵马，管保一举扫灭宋朝大军。”

萧太后依吕客所言，立即派人带着圣旨，去云州、蔚州召耶律休哥、萧挞览回京，并调回各地的兵马，任命靼靼令公韩延寿为监军都部署，土金秀以下并听调遣，亲率二十五万精兵，加上鲜卑等五国的兵马，一共五十万大军，浩浩荡荡开赴九龙谷。到了九龙谷，吕客取出一张阵图，精心摆了一个恶阵，然后命人向宋军去下战书。

王全节接到辽军战书，第二天带着副将李明去九龙谷观阵。两人抬眼一望，吃惊不小，只见正北一座大阵，阵里阴气弥漫，杀气腾腾。王全节大惊道：“番军里肯定有奇才，我们万万不可仓促应战。”李明点头赞同，两人当即派人把敌阵的情形画成图，让人连夜赶回汴梁上奏真宗。真宗召集文武大臣，一一给他们观看，大臣们

诸葛亮

字孔明，人称卧龙，今山东沂南县人，三国时期蜀国杰出的政治家、思想家、军事家。他娴熟韬略，多谋善断，千百年来被称为智慧的化身，其传奇性故事为世人传诵

面面相觑，居然没有一个人认识此阵。

这时，寇准出班奏道：“为臣看此阵变化莫测，除非去边关召回杨六使，除了他，其他的将帅恐怕没人认识。”真宗准奏，当即派人赶赴三关去召杨六郎。六郎接了圣旨，觉得事态紧急，命令陈林、柴干留守佳山寨，自己带着岳胜、孟良等众将，统领三军赶到了汴梁。

八门金锁阵：一种阵法。八门指休、生、伤、杜、景、死、惊、开。破此阵时，从生门、景门、开门而入则吉；从杜门、死门而入则亡。

六郎将兵马驻扎在城外，第二天一早入朝去面见真宗。真宗将王全节、李明画下的辽军阵图传给六郎看，六郎看过后对真宗说须亲自前往观看，方能明白其中奥妙。真宗准奏，六郎随即领兵前往九龙谷。

到九龙谷的第二天，六郎便在岳胜、孟良等人陪同下，带兵前去观阵。辽将韩延寿看见杨六郎，知道他深通阵法，便下令各营随红旗指挥，随时变化。各营得令，只听惊天震地一声炮响后，大阵突然变动起来，犹如排山倒海一般，诡异难测，杀气腾腾。

杨六郎在九龙谷观看辽军大阵

杨六郎看了很久，对众将说：“我布过许多大阵，却从没见过这种阵法。此阵不是八门金锁阵，也不是迷魂阵。如此复杂，如何敢贸然去破？我们暂且回营商议。”众人只好收兵回营，辽兵也不追赶。

六郎回去后，对王全节说：“这阵着实奇异，我也看不出是什么阵。”

王全节焦急地说：“若将军都不认识，别人更不要指望有办法了。”

六郎说：“如今只能派人去请家母来，她一生征战，久经沙场，或许能知道一二。”两人商量已定，就命呼延赞的小儿子呼延显赶往天波府去请佘太君。

蓝玻璃刻花蜡台

我国古代很早就用蜡烛照明，蜡台是放置蜡烛的用具。图中这座蜡台用海蓝色不透明的玻璃制成，表面雕刻有华丽美观的金色纹饰，线条流畅，造型优美

第二十二章

宗保得兵书

呼延显来到天波府，向佘太君详细说了战场上的情况。佘太君得知后，次日就跟着呼延显离家赶赴九龙谷。临走前，佘太君叮嘱柴郡主，一定不要让宗保知道自己上了前线。

六郎的儿子杨宗保外出打猎回来，不见了佘太君，好奇地向柴郡主询问道："奶奶哪里去了？"柴郡主怕他知道了也要跟去前线，就哄他说："进宫去见宋娘娘，有国事商议，几天后就回来。"

杨宗保向母亲询问佘太君的去处

宗保心生怀疑，径直去向守城门的军校查证。军校说："老太君一清早就跟着前线使者去了。"宗保一听这话，家也不回，骑马就向奶奶走的方向追赶。

宗保一路询问，都说老太君已经过去很久了。眼看天就要黑了，宗保光顾往前走，不想走错了路径，来到了一处荒无人烟的地方。只见四处一片荒芜，只有一条山间小路通往山谷。宗保害怕起来，就想往回走，可是四周全是森林，又不见一点月光，已经找不到来时的路了。宗保正在惊慌之际，忽然看见山谷里隐隐约约透出灯光。宗保顺着灯光找过去，看见一所庙宇式的房屋立在眼前，于是拴了马，上前敲门。过了一会儿，里面有人开门，把宗保领进屋里。宗保进屋后，看见一个妇人端坐在殿上，两边仆从林立，甚是庄严。

那妇人看宗保吃完饭，叫人取来一本兵书，交给宗保

宗保在台阶下向妇人行礼，只听那妇人问道："你是什么人？为何深夜来此？"宗保如实回禀，并说自己因为追赶前去观阵的奶奶佘太君，走错了路，所以才来到这里。

妇人笑着说："你奶奶怎么会识得那阵？"说完，令左右摆下酒菜款待宗保。宗保也不推辞，饱餐了一顿。

那妇人看宗保吃完饭，叫人取来一本兵书，交给宗保，对他说："我在这里居住了四百年之久，从来没有人来过。如今你能来这里，也是前缘注定。你把这书拿去熟读，下卷里有破阵的办法，你去辅佐宋帝降服辽邦，做将门万代公侯，也不愧为杨家子孙。"

杨宗保又惊又喜，接过兵书，叩拜妇人。妇人让仆从引领宗保走出山谷。行走之间，天色渐明，仆从对宗保说："前面就是去幽州的路。"说完就走了。

杨宗保在马上惊疑不定，出了深山，迎面遇见一个当地人，宗保便问他这是什么地方。那人说："前面那座大山是红垒山，里边有座擎天圣母庙，已经荒废多年了。"

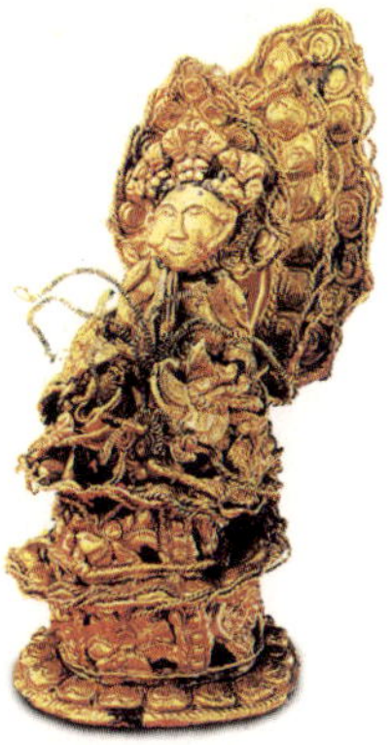

女神金像

神在古代人心目中占据着重要位置，人们为神塑造金身，供奉起来，以求能祈福避祸。图为镀金女神像，其端坐于莲台上，有护身金龙相绕，身后有背光，造像端庄，制作精美

宗保听罢，心想，莫非那妇人就是擎天圣母？他按捺不住狂喜，往怀里一摸，兵书还在。他掏出兵书，一边赶路，一边在马上读了起来。

再说佘太君来到前线，在六郎的陪同下，登台观望辽军大阵。只见阵内刀光隐隐，杀气腾腾，红旗动处，阵形变化多端，诡异莫测。佘太君看了良久，拿出兵书

杨宗保说："孙儿颇识得几个阵法，你们只要让我去看，一眼便知分晓。"

来一一对照，都对不上号。

下了将台，佘太君对六郎说："这阵着实诡异，恐怕你父亲在世，也不见得能识得破它。"

六郎踌躇道："这可如何是好？"

正当两人一筹莫展之时，忽听有人报告："杨宗保到！"六郎怒道："他来做什么！"话音未落，宗保已经进到帐内。看见父亲怒气冲冲的样子，宗保笑道："爹爹是不是为破不了辽国的怪阵而烦恼？"

六郎呵斥道："不要在这里胡言乱语，这是作战前线，赶快回去，免得挨打！"

宗保笑着说："我回去可以，但是谁来帮您破阵？"

佘太君听孙子这么说，把他叫到身边问道："你见过这阵吗？"

宗保说："孙儿颇识得几个阵法，你们只要让我去看，一眼便知分晓。"

佘太君将信将疑，就让岳胜、孟良等人跟着宗保一起去看阵。岳胜等接了命令，带宗保登上将台。宗保看了一会儿，对岳胜、孟良说："这阵排得极其巧妙，只可惜没有排全，破起来非常容易。"

岳胜、孟良惊讶不已，慌忙向宗保问道："皇上御驾下无数将帅，没有一个人识破此阵，小将军为何竟能识得？"

宗保说："等回军中再和你们细说。"岳胜、孟良于是护送宗保下了将台。回营后，岳胜入帐去见六郎，对他说："小将军深明阵法，说要破辽阵非常容易。"

六郎笑着说："不要听他胡说。"岳胜只好退出。

宗保见了佘太君，说自己能破阵，并禀道："这阵名叫‘七十二座天门阵’。它从九龙谷正北方向排起，一直到西南，都有兵将把守。阵内有七十二座将台，其间筑路，路路相通。但这阵排得虽巧，却没有排全：中台玉皇庙前少了七七四十九盏天灯和日月皂罗旗一面。若从此弱点下手，破阵又有何难！”

宗保一番话惊得佘太君连声问道：“孙儿从哪里学来的这般本领？”宗保也不隐瞒，将来前线路上误入擎天圣母殿，一妇人赐他兵书的经过如实讲了。六郎听完，抚着宗保的肩说：“这真是国家和圣上的洪福，才使你有此奇遇啊！”

第二天，六郎命人上报真宗，说宗保识得此阵，名叫“七十二座天门阵”，并说这阵没有摆全，很容易攻破。真宗闻报龙颜大悦，让六郎父子准备破阵。六郎和宗保定好日期，只等到时出兵。谁知事有不巧，六郎派去的人上报军情的时候，王钦恰好在真宗身边，他得知消息，连忙让心腹报告给了萧太后。萧太后大惊，赶紧把吕客召来询问。

萧太后说：“爱卿排下的阵，为何有几处不全？”

吕客听后，吃了一惊，没料到宋军中居然有懂得这阵的人。他对萧太后说：“此阵的确有几处还没补全，待为臣去补上，到时就算轩辕黄帝再世，谅也破不了它了。”

再说杨六郎父子调兵遣将，这天下令全营待命，准备攻打天门阵。破阵之前，宗保又带着岳胜等人上了将台，想最后看一看敌阵。宗保登台一望，只见天门阵已经补全，再难攻破。宗保一时惊得面如土色，晕倒在地。岳胜大吃

黄帝

黄帝姓姬，号轩辕氏，有熊国首领少典之子。因他崇尚土德，土为黄色，故称其为黄帝。相传他异常聪明，曾发明了能指示方向的指南车

六郎和佘太君听宗保说能破辽阵，倍感欣慰

蓬莱仙岛

图为蓬莱仙岛，即今山东省烟台境内的岱山，因秦始皇遣方士徐福率三千童男童女上岛寻找长生不老之药而得名，素有“海上仙境”的美誉

一惊，连忙派人去告知了六郎。宗保醒来哭道：“不知谁泄露了军机，让辽军知道了消息。如今大阵已经被他们补齐，除非神仙下凡，否则这阵是破不了了。”六郎一听这话，登时昏死过去，不省人事，众人一片手忙脚乱。这时，宗保说：“没有其他办法，只好先向皇上奏知此事。”

真宗得知消息，当即下令贴出榜文招募天下名医，先救下杨六郎，再从长计议出兵之事。

这天，一名老道士揭了榜文，他自称居住在蓬莱仙岛，姓钟名汉，人称钟道士。如今听说杨六使为破辽国天门阵一病不起，特意前来，一则为六郎治病，二则帮助宋军破阵。

八贤王闻讯喜出望外，急忙召见钟道士，询问他要如何给六郎治病。钟道士说：“需两味药引——龙母的头发和龙公的胡须。龙须可找皇上去讨，龙母的头发得找北番萧太后去取。”

众人顿觉无计可施。佘太君说：“我听说四郎改名

杨宗保和岳胜在将台观看辽阵

木易，给萧太后做了驸马，若有人告知他缘由，必定能取到。”众人商议后，佘太君召来了孟良，让他乔装打扮，到幽州去找四郎。

孟良接令快马加鞭赶往幽州。不几日，孟良来到幽州，他潜入驸马府找到四郎。四郎得知缘由，让孟良先回客栈，自己想出一计。他突然大喊肚子疼，琼娥公主忙问原因。四郎说：“我幼年随军打仗，腹中淀了淤血，以前用龙须烧灰调服，已经多年不犯，不想如今又复发了。”公主忙问：“龙须在中原能找到，但在大辽到哪里去找？”

四郎突然大喊肚子疼，琼娥公主忙问原因

四郎说：“要能讨到母后的头发，也可以代替。”

公主随即命人赶赴边疆，将事情原委和萧太后说了。萧太后当即剪了几缕头发，让来人带回幽州。四郎取了些头发烧灰服了，装着大病已愈，然后把剩下的悄悄交给了孟良。

孟良带着萧太后的头发回营，众人早已讨来真宗的龙须，六郎一并服下，很快就痊愈了。真宗闻奏大喜，他见钟道士果然妙手回春，又听他说能破天门阵，不胜欣喜，任命他做辅国军师。钟道士谢过皇恩，来到军前协助杨六郎。六郎见到钟道士，拜谢不已，并让宗保拜钟道士为师。

宗保拜师完毕，钟道士说：“如今还需要几个人来听从调遣。”宗保忙问何人，钟道士说：“让呼延显到太行山去请其母金头马氏，让她率兵来营听令；然后，让岳胜将老将王贵请来；让孟良去五台山，召杨五郎下山；让焦赞去天波府，召八姐、九妹前来。”钟道士分派已定，呼延显等人各自领命而去。

木雕道家仙人像

道士是信奉道教教义并修习道术的教徒的通称，也称道人、羽士等。他们平时专注于炼制金丹，希望凭丹得以飞升成仙或长生不老。图中道士穿着上身紧身而下摆飘逸的道袍，身形健硕，是传说中已经修成正果的道家仙人形象

第二十三章

山寨招亲

降龙木：俗称六道子，木瓜树。生长于太行山、燕山、恒山三山交汇的深山峻岭中，属耐寒耐旱灌木丛生植物。其木质坚韧，触感脱滑，纹理清晰，是世界珍贵的树种。

孟良骑着快马，不消一日，便来到五台山。在山门下，孟良见到一个小沙弥，便走上前去。小沙弥问道："施主是从什么地方来的？"孟良说："杨六使差遣我来见杨禅师。"小沙弥听说是杨家来人，赶忙引着孟良来见五郎。

见到杨五郎，孟良说："小将姓孟名良，在杨六使帐下听令，镇守三关。现辽人大摆天门阵，今日特奉命来请师傅下山相助。"

五郎说："我已是出家之人，如今一心皈依佛法，你不该来扰乱我修行。"

孟良来到五台山，请杨五郎下山协助破天门阵

孟良说："如今国家危难，一旦国破，师父还去哪里修行？还望师父看在老太君和六将军的面上，烦劳走此一遭。"

五郎沉吟良久，说："我去也可以，只是要破辽国，必须先降服萧天佑和萧天佐这两条逆龙。萧天佑已死，如今还剩下萧天佐在。要降服此人，必须要有一根降龙木来给我做斧柄。离这里不远有个穆柯寨，这寨的后门有两棵降龙木，你去把左边的那根给我取来，我便随你下山。"

孟良说："既然师父要，孟良只好去走一遭。"说罢，骑上快马，照五郎指的方向一路赶来，很快就来到一个山岗。

孟良刚刚停了马，忽然，一只大雁径

孟良将被人射落的大雁捡了起来

直掉落在了马前。孟良翻身下马，从地上捡了起来，见上面一支箭不偏不倚穿过大雁的脖子。孟良暗赞好箭法。他再看那支箭，只见上面刻了一个“穆”字，孟良心想：“这姓穆的一定就是这穆柯寨的寨主了。”

孟良正在寻思着，突然一个长着冬瓜脸的人带了五六个喽啰赶来。冬瓜脸见了孟良，喊道：“快把雁还我，不然，这雁就是你的榜样。”孟良一听这话，顿时火冒三丈，骂道：“好个不知礼的畜生！怎么出口就伤人？今日你爷爷非得教训教训你不可！”说完，抡起板斧就砍。冬瓜脸也不含糊，举刀相迎，但他哪是孟良的对手，几招过后就有点招架不住了。

正在这时，只听一个年轻女子叫道：“穆瓜住手！”两人同时停住了手，孟良扭头一看，只见一员女将纵马赶来。

冬瓜脸上前禀道：“这贼徒捡了寨主射落的雁，不仅不还，还想行凶伤人。”

孟良这才知道原来这员女将就是寨主，只见她骑在马上威风凛凛，英气逼人。孟良一时怔住了，半天才拱

戏剧中的穆桂英

穆桂英是古代著名的女英雄，被视为巾帼英雄的代表人物。她抗击外敌、保家卫国的故事千古流传，其形象也逐渐被人们搬上了舞台

孟良万般无奈，只好归还死雁，并把自己的金盔当买路钱押给了他们，这才被允许出山

手说道："在下本为正事而来，只是你的部下出口伤人，这才动起手来，敢问寨主尊姓大名？"女将说："不敢当，奴家名叫穆桂英。部下无礼，还望将军海涵。请问将军尊姓大名，光临敝寨有何见教？"孟良便如实相告。

不料孟良还没把话说完，穆桂英突然大怒，骂道："降龙木我的确有两根，但是只送朋友，不送仇人。你若识趣，把猎物还了我，赶紧逃命；如若不然，让你有来无回。"孟良被这突如其来的变化惊呆了，他以为是穆桂英舍不得降龙木，于是骂道："寨主忒小气，一根破木头，你便如此舍不得？我孟良生来吃软不吃硬，你不给，如今非要把你的降龙木连根拔掉。"

孟良话未说完，穆桂英气得满脸通红，骂道："好你个无礼的贼徒，今天不把你打得求饶，姑奶奶我就不姓穆。"说完，二人一个舞刀，一个抡斧，战在了一起。孟良哪里是穆桂英的对手，不到十个回合，已经招架不住，拨马就逃。

孟良逃到山口，还以为脱离危险了，正在庆幸，不料被穆桂英带着一伙喽啰拦住了去路。穆瓜哈哈大笑道："我们有个规矩，从这里经过要留下买路钱，否则休想离开。"孟良万般无奈，只好归还死雁，并把自己的金盔当买路钱押给了他们，这才被允许出山。

盔甲

盔甲是古代将士打仗时戴在头上的头盔及穿在身上的甲胄，一般由皮革或金属制成，可有效防御敌方武器对自己头部和身体的伤害

孟良没有拿到降龙木，反倒让人扣了金盔，心中懊恼不已。他不好意思去见五郎，只好返回大营。孟良在营外正遇到杨宗保带兵巡逻，于是上前把去穆柯寨取降龙木的事情相告，请杨宗保带他一起去穆柯寨报仇。

两人带了五百人马，来到穆柯寨。穆桂英听到喽啰报告，便全身披挂，打马奔出寨外，高声骂道："好个不知好歹的贼徒！我饶你不死，你怎么又来胡闹？你家姑奶奶倒要见识见识你搬来了什么能人。"穆桂英话未说完，杨宗保打马出阵说道："我们并非来无理取闹，只是听说寨主家后有两根降龙木，我们想借左边的一根去破阵。用完之后，必定归还重谢。"

穆桂英见眼前的小将年轻英俊，一表人才，心中暗暗喜欢，寻思道：我倒要试试你的能耐。想罢，她先砍一刀，引杨宗保来战。穆桂英有意试探杨宗保，所以故意不使全力。两人一来一往打了三十多个回合，穆桂英佯败而走。杨宗保不知是计，随后紧追。穆桂英回身一箭，正射在杨宗保的马腿上，杨宗保连人带马栽倒在地。

穆桂英见杨宗保倒了，命喽啰们用绳索绑了，押回山寨。杨宗保大喊道："要杀就杀，要剐便剐，何必捆绑！我杨宗保生在将门，只是未死在疆场，却死在女贼手里，令我死不瞑目。"

穆桂英有意试探杨宗保，二人你来我往，战在一处

发簪

古代妇女多用簪、钗等别在发髻上，用来绾头发或作为饰物。到宋代，发簪的样式很多，而且簪头的变化较前代更为多样，簪杆上还多錾刻加工发簪的铺号。图中发簪雕刻五凤图案，上嵌珍珠，纹饰华美，做工精巧

穆桂英见杨宗保言辞慷慨，不由非常心动。她让人看管好杨宗保，自己回到卧室，寻思道：“这位小将军不但才貌出众，还是杨门之后。我若能与他结成连理，也不枉此生。”想罢，把贴身丫头金萍叫来，把自己的意思悄悄和她说了，又说：“我没有父母，如今只能自己做主。你且替我去问问，看他是不是愿意。”

金萍按照小姐吩咐，来到杨宗保跟前，把穆桂英的身世等等说了一遍，又说了穆桂英欲与他结成百年之好的意思。金萍一番劝说之后，杨宗保暗想：我今日徒死无益，不如成就了这门亲事，一来可取得降龙木，二来也可请她协助破阵。况且她才貌双全，配我绰绰有余。只是未曾禀报父母，擅自做主，有违军规，如何是好？杨宗保沉吟半晌，对金萍说：“承蒙小姐不杀，且愿结为夫妻，小将岂有不愿之理？只是家父军纪严明，不敢自作主张。如今有个权宜之计：与我同来的孟良将军，是我父亲的义弟，也就是我的叔父。可把他请来做个媒人，不然我回去不好交差。”金萍觉得有理，便对穆桂英说了。穆桂英当即派穆瓜去请孟良上山。

孟良见杨宗保被穆桂英活捉，担心他出事，这时在寨外急得团团乱转，正准备攻寨，忽见穆瓜奔下山来。孟良听穆瓜把事情的经过一说，登时转忧为喜，跟着穆瓜上了山。他一见宗保就说：“桂英才貌双全，百里挑一，这样的好媳妇打着灯笼也难找，你就答应了吧。”宗保应命。

穆桂英想与杨宗保结为连理，她把自己的意思告诉了丫头金萍

穆桂英见杨宗保同意了婚事，便即刻命人摆了酒席给他和孟良压惊。席

穆桂英摆了酒席给杨宗保和孟良压惊

间，孟良见杨宗保和穆桂英言语默契，故意打趣道："小将军自己在这里快活，适才却把孟良放在外面急得快没命了！"三个人说说笑笑，如同一家人一般。

三人说笑了一番，就说到辽国摆阵的事情上。听着宗保和孟良的谈话，穆桂英说："如果我猜得不错，辽军布的正是天门阵，要破这阵，倒也不难。"杨宗保、孟良又惊又喜，忙问她怎么知晓。原来，穆桂英曾跟随骊山老母学过艺，对阵法非常精通。孟良连声叹道："真是踏破铁鞋无觅处，得来全不费工夫。皇上出了榜文到处寻找，不想破阵的人却在这里！事不宜迟，明日桂英就跟我们回去破阵。"杨宗保也竭力赞成。不料穆桂英却淡淡地说："除非皇上亲自来请，至少也得八殿下，否则我决不下山。"

骊山老母：道教崇奉的女仙，又作"黎山老母"。因传说她在骊山（今陕西省临潼县东南）修仙，并为人们造福，后世人便尊称她为"骊山老母"。

杨宗保忙问原因，原来，穆桂英的父亲穆羽曾被朝廷诬陷，穆桂英对此事一直耿耿于怀。杨宗保和孟良知道了这层缘故，也就不好再劝。第二天一早，穆桂英取了降龙木，送他们下了山。

第二十四章

辕门斩子

三军：春秋时，大国通常都设中军、上军、下军或中军、左军、右军，总称三军。到了宋代，三军固定为前军、中军和后军。前军是先锋部队；中军是主将统率的部队，也是主力；后军主要担任掩护和警戒任务。

杨宗保和孟良回到大营，来到帅帐外。杨宗保忐忑不安地说："万一父帅怪罪下来，可如何是好？"孟良说："你见了元帅尽量少说话，一切由我来应付。"

两人提心吊胆地进了大帐，孟良察言观色，看见六郎和颜悦色，并没有动气的样子，就说："启禀元帅，我和宗保找到破阵的人了。"

杨六郎一听有了破阵的人，异常欢喜，忙问："是谁？现在何处？"孟良说："是个姑娘，名叫穆桂英，现在穆柯寨。"杨六郎又问："为何不把她请来？"

孟良听六郎语气急切，就说："请来？谈何容易！我们请她，她说得答应她两件事。"六郎说："只要她能破阵，别说两件，二十件、二百件也可以答应。你快说是哪两件？"

孟良不紧不慢地说："这头一件，小弟已经替你答应了，让宗保和她成了亲。这第二件，我不敢答应她。她说必须让皇上去请她，至少也得八殿下去请她，她才肯来。"

六郎听了孟良这番话，半晌默默不语。其实就在孟良去穆柯寨的同时，五郎已经下山来了军营。原来，他要降龙木做斧柄只是一番托词。五郎事先早已知道穆柯寨的寨主穆桂英自幼跟随骊山老母学习本领，能排兵布阵，指挥三军。然而，

孟良让宗保不必担心六郎怪罪，他自有办法应付

耳听为虚，眼见为实，所以，五郎假说要找一根降龙木，是让孟良先去试试穆桂英的本领。若她真有能耐，再把她的来历告诉六郎，让六郎设法收服她下山破阵。

如今六郎听说穆桂英武功了得，心想看来破阵有望，况且，宗保能和穆桂英成亲，杨家又添一员女将，杨六郎心中暗喜。然而，穆桂英的第二个条件，却是断然不能答应的。无论如何，她也不过是一个女强盗，让堂堂大宋皇帝亲自去请，这成何体统？六郎左右为难，一时委决不下。

杨六郎喝道："把杨宗保给我推出辕门，今日午时，斩首示众！"

杨六郎愣了半晌，终于想出一计。只听他把惊堂木一拍，喝道："大胆杨宗保，还不给我跪下！"

孟良和杨宗保大吃一惊，杨宗保只得跪下。只听杨六郎说道："奴才，你可知罪？"

杨宗保说："孩儿不知身犯何罪。"

杨六郎说："畜生！你怎么不知？你擅离职守，私自招亲，二罪归一，按军法理当处斩！"说完，喝道："刀斧手何在？"

话音刚落，从帐外进来两个彪形大汉。杨六郎喝道："把杨宗保给我推出辕门，今日午时，斩首示众！"

宗保听了六郎这话，惊得呆若木鸡。孟良慌忙跪在地上，求道："将军息怒！小将军也是迫不得已，为了能尽早拿到降龙木，他才答应和穆寨主成亲的。再说这两件事都是小弟我擅做主张，要斩也该斩我孟良，请将

辕门：中国在古代就发明了车战法，打仗时大将站在车上，停战休息时便将战车连接起来，围成一圈，以保护中军。只在面对敌阵的一方留下一隙，算是出入的门，叫作辕门。后来引申为古时军营的门或官署的外门。

佘太君听说杨六郎要斩宗保，便来为宗保求情

军放了贤侄。”可杨六郎哪听得进，他大声喝道：“各有各的账，你也跑不了。今日且先和这小畜生算账。”说着，刀斧手已经将杨宗保推出了辕门。

孟良从帐里出来后，急得团团乱转。这时，忽然焦赞走了过来。孟良一把将他抓住，来不及说别的，只说：“贤弟，将军要斩宗保，怎么办？”焦赞一听也急了，忙问：“为什么？”孟良来不及细说，只说：“回头再说原因，如今先想办法救人。”

焦赞略加思索，说：“我去看着宗保，你去请老太君来说情。”

孟良一拍脑瓜，说：“好兄弟，我怎么就没想到！”二人心急火燎，分头行动去了。

焦赞一溜烟跑回帐篷，拿了自己的大铁锤，又一溜烟跑到刑场，大叫道：“哪个敢动我侄儿一根寒毛，我就叫他吃上一百铁锤！”刀斧手吓得连连后退。

孟良跑到佘太君那里，把情况告诉了佘太君。佘太君也大吃一惊，当即跟着孟良来到元帅大帐。

六郎见母亲满脸怒容而来，连忙上前迎接，问道：“母亲前来，可有什么事？”

佘太君开口就骂：“畜生！我不问你，你反来问我。你为什么要斩宗保？为娘我还指望他传宗接代，光宗耀祖。你今日要杀他，就先把为娘我杀了吧。”说罢，老泪纵横。

六郎听了母亲这一席话，连忙对佘太君说：“母亲息怒！孩儿来不及禀报母亲，让您老人家受惊了。孩儿并非真斩宗保，不过只是一计。”说罢，如此这般地将自己的想法说给母亲听。佘太君听罢，立刻转忧为喜，破涕成笑。

刀

刀是我国最早出现的兵器之一，为十八般兵器之首，由刀柄和刀身构成，对敌时可用于劈砍、刺杀等。刀又有短刀、腰刀、长刀、虎头刀、九环刀等之分，形制多种多样

这时，元帅要斩亲儿子的消息已经传遍了整个大营。大小官兵纷纷赶到辕门，果然看见杨宗保被绑在柱子上，刀斧手拿着刀站在身旁。

此时，八贤王闻讯也风风火火赶到了大帐，向杨六郎问道：“郡马，听说你要杀宗保，此事是真是假？”

杨六郎说：“确实不假。”

八贤王问：“宗保身犯何罪？能否法外开恩？”

六郎反问道：“擅离职守加私自招亲，殿下您说该当何罪？”

八贤王被六郎问得一愣。六郎接着说：“殿下，有道是‘王子犯法，与庶民同罪’，又道‘正己方能正人’，殿下教我徇私舞弊，为臣以后何以服众？”

元帅要斩亲儿子的消息传遍军营，大小官兵纷纷赶到辕门观看

八贤王被六郎问住了，只好说：“宗保临阵招亲固然有罪，却也有功。要没有他的私自招亲，你去哪里找这个破阵之人？若是破不了阵，轻则惨败，重则丢掉半壁江山，到时，你这元帅又该当何罪？何况眼下正是用人之际，不如给他一个戴罪立功的机会。”然而，六郎哪里肯答应，直似铁了心一般。

八贤王看他是非要斩杨

宗保，不由动起怒来，大骂六郎道："有我在这里，哪个敢杀杨宗保？要杀，先把我一起杀了！"

六郎心一横，干脆一不做，二不休，捧起帅印，往八贤王面前一放，说："八王殿下，您要再阻拦我行使军令，就另请高明吧！"八贤王吃惊地说："我又没让你交兵权。"

六郎铁着脸说："那就不要干扰我行使军令。传我的将令，再有人求情，一律处斩。"八贤王被他噎回去，气得拂袖而去。帐外的将官，再也没人敢来求情了。

穆桂英一头撞进元帅大帐，劈脸就问六郎："你为什么要杀杨宗保"

这时，孟良已偷偷地派人把消息送到了穆柯寨。穆桂英听说后心急如焚，骑上快马，急急忙忙赶到了大营。穆桂英一头撞进元帅大帐，劈脸就问六郎："你为什么要杀杨宗保？"

六郎见穆桂英终于来了，心里暗暗高兴，但还是继续板着脸说："你比谁都明白，何必来问我？"

穆桂英气不打一处来，狠狠道："如此看来，必须我来替他出马杀敌，立功免罪了？"

六郎要的就是这句话，心中暗暗高兴，也想试试穆桂英的本领，就说："我要你拿敌将的人头来换杨宗保的性命。"

桂英说："军中无戏言！"

六郎说："一言为定！"

当下杨六郎就把杨宗保放了，拨给杨宗保和穆桂英两千兵马。两人披挂整齐，打马扬鞭，双双奔向了九龙谷。

第二十五章

穆桂英挂帅

杨宗保和穆桂英赶到九龙谷，穆桂英纵马到敌营外高声叫阵，辽将白天龙出阵应战。白天龙看来者是一名女将，根本不放在眼里，舞动双锤，催马出阵，喊道：“来者何人，报上姓名，我这大锤下不砸无名之鬼。”穆桂英也不搭话，抡起大刀就劈。只听“铛”的一声，白天龙已经用锤把刀架开。

鼓

鼓是一种打击乐器，古时也常用于两军阵前，擂鼓以鼓舞士气。其多为圆筒形或扁圆形，中间空，一面或两面蒙着皮革，常被固定于一处，用鼓槌进行敲击

穆桂英抽刀再劈，招招又狠又准，杨宗保命人擂鼓助威。几个回合过后，穆桂英突然手起一刀，将白天龙的脑袋砍落在地。杨宗保见状，正想领兵杀进辽阵，却被穆桂英拦住。穆桂英说：“天门阵变化多端，稍有不慎，纵使千军万马也别想出来。再说，杨元帅只吩咐提敌将的人头换你性命，并没有让我们破阵。如今白天龙的人头已经到手，我们还是先回去交令吧。”杨宗保也觉得有理，便下令收兵。

穆桂英一刀将白天龙砍落马下

这时的宋军大营里，杨六郎早已听探马报告了情况。他心里暗暗高兴，心想这个穆桂英果然非同一般，能得到这样一员女将，是朝廷的洪福，也是杨家的福气。

加官进爵：“爵”本指古代一种三条腿的饮酒器皿，帝王常以爵盛酒赐酒奖励功臣，所以后来“进爵”便成为升官的代名词。在古代，一般授“官”是依据能力，封“爵”是根据血缘和功绩。

杨六郎越想越高兴，正想派人到城外去迎接穆桂英和杨宗保，但转念一想，自己如今已经是公爹，就该有点公爹的派头，不能在众人面前丢了面子。于是，他就没有派人出营迎接。

穆桂英来到宋营前，只见四下冷冷清清，心生不悦。这时，只听传令的士兵在营门口高声喊着：“元帅有令，命杨宗保、穆桂英到帐前回话。”穆桂英一听这话，登时心头火起，对杨宗保说：“你回去交令吧，你爹看不起我这个占山女。”说完，就纵马向穆柯寨的方向飞驰而去。

杨宗保见穆桂英飞也似的走了，料想追上也无益，万般无奈，只好打算先回营交差。宗保刚进营门，正遇见寇准。寇准见杨宗保一个人回来了，却不见穆桂英，急忙上去询问原因。杨宗保只好把事情经过和寇准说了。寇准说：“穆桂英初战告捷，是大宋的功臣！你能保住性命，也全是她的功劳。再说，破天门阵也要靠她出力，你还不快去把她追回来！”

杨宗保无奈，只好勒转马头，快马加鞭，向穆柯寨方向追去。他在半路追上穆桂英，请她跟他回去。穆桂英说：“元帅欺我是个占山女，殊不知家父也曾在朝廷为官，只是因为忤了潘仁美，才被削职为民。如今朝政昏暗，忠奸不分，就算元帅看得起我，给我加官进爵，我也不想为朝廷卖命。你回去转告寇大人，桂英谢谢他了。”说完，头也不回地飞

穆桂英头也不回，纵马向穆柯寨的方向飞驰而去

驰而去。

杨宗保见劝不动穆桂英，只好垂头丧气地回了大营。杨六郎见宗保一个人回来，不见穆桂英，心里正在犯嘀咕。这时，八贤王从寇准那里得到消息，怒气冲冲地进了元帅大帐。八贤王手指杨六郎，开口就骂：“穆桂英是有功之臣，你为什么要把她逼走？你要赶紧把穆桂英请回来，这事就算了。不然的话，定你个误国误民的罪名，定斩不饶！”

杨六郎听了八贤王的话，连声说：“殿下息怒！”随后便将穆桂英的父亲被潘仁美陷害，朝廷把他削职为民的事说了一遍。

杨六郎命杨宗保去请穆桂英

八贤王听后，说：“我这就派人禀奏圣上，为她父亲平反昭雪。”

几天后，杨六郎接到圣旨，上写赦穆桂英的父亲穆羽无罪，并追赠为节度使。

杨六郎见到圣旨，心中高兴，他把杨宗保喊来，命令道：“本帅命你快去把穆桂英请来。请来了，这事就算了，请不来的话，定斩不饶！”

杨宗保接了命令，骑上快马，连夜向穆柯寨赶去。

杨宗保来到穆柯寨，刚翻身下马，突然从身旁的树上跳下来一个人。杨宗保抬头一看，却是穆瓜。

只听穆瓜高声叫道：“杨将军，你怎么才来？我正要去给你报丧，我家小姐死了。”

杨宗保面对诈死的穆桂英，声泪俱下，泣不成声

杨宗保如同遭到电击一般，顿时惊得目瞪口呆。

穆瓜继续说道："小姐从阵上回来后，不知怎么回事，突然病倒了，刚刚断了气。我们正想去给将军报丧，不想将军竟自己来了。"

杨宗保这时才回过神来，放声大哭起来。他哭了一阵，突然心想：不对呀，桂英不可能死得这么快。一定是她生了我的气，故意让人拿这话骗我的！想到这里，杨宗保赶忙往山上跑去。

杨宗保三步并作两步，一直奔到穆桂英的闺房里，只见穆桂英直挺挺地躺在一扇门板上，脸上蒙着白布，头前摆着供桌，几个丫头正守在旁边啼哭不止。

杨宗保上前把蒙在穆桂英脸上的白布揭开，只见她脸色惨白，牙关紧闭。杨宗保眼泪夺眶而出，泣不成声。

这时，金萍上来劝道："杨将军节哀顺变，人死不能复生，小姐这一去，就不能帮你们破天门阵了。边关战事要紧，将军还是快快请回吧，误了战机，以后可没人替你立功赎罪了。"

杨宗保六神无主，也没听出金萍话里有话，恍恍惚惚就向山下走去。

他边走边想：父帅告诉我，请不到桂英，就要斩我。如今桂英已死，我还活在世上干什么？想到这里，他"唰"的一声抽出宝剑，就往脖子上抹去。

正在此时，宗保忽听背后传来一阵笑声。他回头一看，只见穆瓜站在身后不远处，正笑得前仰后合。

哭泣陶俑

女俑垂首哭泣，动作传神地表现出了其悲伤心情

穆瓜对宗保喊道："呆鹅！不要在这里寻短见，我

家小姐没死。”

杨宗保听说桂英还活着，立刻转忧为喜，又大踏步往山上奔去。

杨宗保奔上山来，果然见穆桂英好好的，正坐在窗前对镜梳妆。杨宗保把圣旨拿出来给她看，又好言好语劝说。穆桂英看过圣旨，知道父亲沉冤已雪，不由来到父亲灵位前，双膝跪倒在地：“父亲大人，当今圣上已经为您洗去冤屈，并追赠您为节度使。您在九泉之下可以瞑目了。”说罢不由又痛哭失声。

宗保把穆桂英扶起来，好言安慰了几句。穆桂英心想：我既然已经许配给杨宗保，便是杨家之人。如今杨家父子为天门阵所难，正在用人之际，我理当相助。况且我艺成下山之时，师父也曾嘱咐我，一旦有机会便为国效力。也罢，我这就随宗保下山。

想到这里，穆桂英便对宗保说答应下山，宗保大喜。接着，穆桂英传下号令，所有山寨人等，愿意随自己往投宋营的，即刻收拾行装；有不愿意的，以金银相送，另寻出路。

次日 早，一切安排妥当，穆桂英命人放火烧毁山寨，随杨宗保往宋营而来。

穆桂英和杨宗保还未到营门，早已有人到营里送了信。紧接着，营里就响起了二十四声礼炮。除了八贤王和元帅之外的所有将官都出营来迎接，敲锣打鼓，好不隆重。

进得帅帐，见到六郎，穆桂英跪倒在地，说道：“民女穆桂英参见元帅！”杨六郎见穆桂英品貌出众，一时喜形于色，忙说：“穆姑娘免礼，是本

剔犀云纹执镜盒

这是宋代妇女的梳妆用品，盒内盛执镜。女性的修饰，“妇人貌不修饰，不见君父。”妇女修饰容貌之事被提升为必须遵守的社会道德，对镜理妆容是她们每天的必修课

杨宗保刚要自刎，被穆瓜拦住了

拜将台

此拜将台四周用汉白玉栏杆围砌，台场平坦宽敞，台脚下左右各竖立一石碑，是古代举行拜将仪式的地方

帅怠慢了你，多有得罪。”穆桂英说：“是桂英年幼无知，耍小孩子脾气，还请老人家谅解。”杨六郎见穆桂英礼数周到，心中很是欢喜，下令大摆酒席，为穆桂英接风洗尘。席间，杨六郎有意考考桂英，便问道：“穆姑娘，听说你精通阵法，依你看这天门阵如何破法？”

穆桂英从容应答，对天门阵的攻守措施，更是讲得精辟透彻。众人不住地点头，六郎心里也暗暗佩服。

六郎见穆桂英有这般本领，起身对八贤王说：“自辽国布下天门阵以来，我们漫说攻破，就连阵都没有进去过一次，臣深感惭愧。臣愿保举穆桂英为帅，还望千岁应允。”穆桂英慌忙站起身说：“桂英不才，甘愿在大帅帐下听令。”

八贤王担心地说：“桂英一来年轻，二来新到，能够服众吗？”

佘太君力保道：“以我这老眼看来，这孩子准行。”六郎笑着说：“家母是过来人，当年连我父亲都不得不服。母亲说桂英行，八殿下尽可放心。况且破格用人，也可以激励将士，鼓舞士气，还望殿下三思。”八贤王

文臣武将出营迎接穆桂英，敲锣打鼓，非常隆重

听六郎这么说，就点头答应，计议改日再向真宗奏明。穆桂英盛情难却，只好答应下来。

次日，为了隆重起见，八贤王安排举行了一个帅印交接仪式，当众将帅印授予穆桂英；再改任杨六郎为军师，协助穆桂英指挥作战。将士们欢声雷动。

为严明军纪，穆桂英下令将点卯未到的杨宗保重打四十军棍

接下来一连数日，穆桂英都按兵不动。原来，她初来乍到，对大军各方面情况还不了解，所以她利用这几天的时间熟悉军务，并研究敌人的阵图，以确定战略部署，分派具体人员。为了严整军纪，她规定每日卯时点名。

这天早上，穆桂英飒爽英姿，快步走进帅帐，开始点卯。当点到杨宗保时，下面却久久没人应声。穆桂英心里"咯噔"一下。头遍点名完毕，众将都到了，只有杨宗保一人未到。穆桂英只好按例再把杨宗保的名字叫了两遍，谁知还是不到。穆桂英大怒，喝令道："把杨宗保给我传来！"执勤官不敢怠慢，赶紧到杨宗保的帐篷里去叫。原来杨宗保昨天夜里值勤太累，今早一觉睡过头了。

点卯：旧时官署衙门或军队在卯时（相当于现在的早晨5时至7时）开始办公事。官员按时查点人数称作"点卯"。

杨宗保来到帅帐，垂头丧气地站着。只听"当啷"一声，穆桂英抽出一支大令扔在地上，喝令道："来人哪！把杨宗保拉下去，重打四十军棍。"众将官纷纷上前求情，只有六郎不动声色，心里暗暗佩服。

消息很快传遍了全营，满营将士议论纷纷，彼此告诫。从此，宋军军纪更加严明。

天象

天象是指天空中风、云、星座等变化的现象，其运行有一定的规律性。古人根据这种规律性，来推算天文学、气象学、先知（预测）学、军事学等领域将发生的事情

第二十六章

大破天门阵

经过几天的准备，穆桂英已经摸清了敌人太阴阵、迷魂阵、玉皇阵、铁门金锁阵等阵的基本情况。她成竹在胸，开始着手准备攻打天门阵。

这天，钟道士对穆桂英说：“我昨日夜观天象，算准太阴阵里会有人叛变。我们可先破了此阵，再依次破其他的阵。”穆桂英于是派呼延赞的妻子金头马氏领兵前往太阴阵，又命八姐领兵一万，在太阴阵外守候，伺机进攻。

金头马氏领命，率军从天门阵的第九个门冲杀进去，迎面遇见太阴阵的守将黄琼女手持骷髅来敌。金头马氏在马上高声骂道：“你乃西夏王亲生之女，为一国名将，却不远千里部众来助纣为虐，而且不得重用，担任这种下贱职位。你非但不知羞耻，还敢耀武扬威地来和我交战。纵使你为辽人立功，试问你将以何面目去见你的国人？”

钟道士和穆桂英商议破天门阵之事

金头马氏一番话，骂得黄琼女无言以对，羞愧难当，只好勒转马头逃走。金头马氏也不追赶，和八姐合兵回营复命。

黄琼女回帐后，左思右想，觉得金头马氏的话说得中情中理。自己堂堂一国公主，何必千里而来，受这等耻辱。她忽然又记起自己小时候曾被许配给杨令公的第六子，听说他如今就在宋军中，不如索性率部投降宋朝，一则成就了这段姻缘，二则协助他们杀破辽兵，以洗今日之辱。

黄琼女计谋已定，第二天便暗中派人将一封密信送到金头马氏营里。金头马氏看了来信，找佘太君查证，佘太君也想起有过这门亲事。金头马氏说："她昨日在阵上被我羞辱，看来今日是真的来投降，绝非谎言。太君可去和郡马商议。"

佘太君于是来到六郎的营帐里，和他说明了情况。六郎为难地说："孩儿幼年也曾听您提及此事，只是如今国事在身，不是孩儿会亲的时候。"

佘太君劝说道："我儿此言差矣！如今国家正当用人之际，她能来投降，是一举两得的美事，有何不可？"

黄琼女将一封密信交给一个亲信，让他秘密送到金头马氏营里

六郎觉得有理，便修书一封，秘密交给来人，信中约定次日黄昏时分和黄琼女里应外合举事。黄琼女看完回信，心中大喜，开始秘密准备。

第二天，时辰一到，黄琼女手下的兵将已经全部整点齐备。这时，门外传来震耳欲聋的喊杀声，金头马氏攻进了太阴阵。黄琼女知道宋兵到了，带兵从里边杀出去，和金头马氏合兵一处，杀出了辽营。等到韩延寿、萧天佐带兵追来，黄琼女已经到了宋营。

黄琼女跟着金头马氏来见佘太君。佘太君喜出望外，叫过六郎来和黄琼女相见。众将听说，都来为六郎贺喜。

第二天，穆桂英亲自率领人马去破铁门金锁阵。穆

穆桂英冲杀在最前面，英姿飒爽，威风凛凛，直向铁门金锁阵扑去

桂英冲杀在最前面，英姿飒爽，威风凛凛，直向铁门金锁阵扑去。四周人喊马嘶之声，响彻云霄。

这铁门金锁阵排得非常厉害，阵里有一万人手提铜锤，排列在前，号为金锁；一万人手持利剑，排列于金锁之后，号为铁门；一万人手持弓箭，排列于铁门之后，号为铁闩；两万人端着长枪，把守将台；将台上端坐着鲜卑国黑鞑靼令公马荣。

这马荣面貌狰狞，力大无穷，然而却只会使蛮力，没什么头脑。穆桂英此时带领宋军将士，连砍带杀，突破了金锁、铁门、铁闩等重重防线，直向将台扑来。

马荣见大阵的三道防线全被宋军攻破，登时勃然大怒，手提钢叉，从将台上跳了下来。等他飞身上马后，瞪眼仔细一看，宋军为首之人却是一员女将。马荣不禁哈哈大笑道："你们宋朝男人都死绝了吗，居然让一个妇道人家来作战，你还是乖乖回家歇着去吧。"

穆桂英心想："这蛮贼好生无礼！"伸手从背上抽出一把飞刀，"嗖"的一声，不偏不倚，正射中马荣咽喉。马荣"扑通"一声跌下马来，登时气绝身亡。

五万鲜卑士兵见主帅还未出手，就断送了性命，一个个吓得魂飞魄散，抱头鼠窜。但哪里逃得脱，穆桂英早已做了周密部署。一座铁门金锁阵，倒成了五万鲜卑人马的葬身之地。破了铁门金锁阵后，宋军士气大振。

辽将韩延寿见连输两阵，忙召椿岩商议。椿岩说："将军放心，宋军再善战，也破不了我镇守的大阵。他们要敢来，管教他片甲不留。"

叉

叉是一种长柄武器，其前端带有叉状锋刃。其中，锋刃有三叉或两叉之分，可以有效防御敌方的攻击

韩延寿说："将军一定要小心提防，如今宋军中定有精通阵法之人，我们断然不可轻敌。"椿岩笑着说："将军放心，我自有计策应付。"说罢，径自去找吕客商议。

第二天，在穆桂英的安排下，杨六郎亲自出马，带兵去打白虎阵。只见他全身披挂，提枪纵马，带了两万兵马，直向白虎阵扑来。番兵喊声大振，犹如山崩海裂。椿岩登上将台，手中红旗一挥，大将苏何庆打开阵门，率兵出阵迎敌。

两兵相交，杨六郎和苏何庆各自挥舞兵器，战了三十多个回合，苏何庆忽然佯败而走，宋兵乘势追击。正在这时，突然响起一阵金锣的声音，阵内黄旗移开，白虎阵变成了八卦阵。霸贞公主率领精兵合围过来。六郎左冲右突，番兵箭石齐下，哪里还冲得出去！宋军顿时乱了阵脚。穆桂英闻讯，急忙向焦赞命令道："你快带领五千兵马，从一旁攻入白虎阵，用石锤砸毁阵内金锣，使虎无眼。"焦赞领命而去。穆桂英又命令黄

八卦阵

正名为九宫八卦阵，是由太极图像衍生出来的一种精妙的阵法，包括群英、长蛇、卧龙、十面埋伏等

杨六郎被困在白虎阵中无法脱身

骑马女子陶俑

在古代，也曾有女子骑马驰骋疆场，上阵杀敌。图为古代烧制的骑马女子陶俑，其马雄健矫捷，马上女子英姿飒爽，整个陶俑形象生动，栩栩如生

琼女道：“你带兵五千，从右门攻入，先把阵内黄旗砍倒，使虎无耳，到时白虎阵必然溃乱。”穆桂英分派已定，自己率领岳胜、孟良等人从中路杀入去救六郎。

再说焦赞听说六郎被困，心急如焚。他率兵快速从旁侧攻入白虎阵，正遇见一员镇守虎眼的辽将，焦赞冲上去一刀将其砍死。焦赞杀散辽兵，把两面金锣打得粉碎。这时，黄琼女从右门杀了进来，杀死守旗大将，砍倒了两面黄旗，和焦赞合兵一处，杀奔将台。苏何庆见阵势危急，慌忙上来应战，被穆桂英拈弓搭箭，一箭射中咽喉，坠下马来气绝而亡。霸贞公主正要上前，黄琼女带着人马从阵后杀了出来。黄琼女手舞铁鞭，一鞭打在霸贞公主背上。霸贞公主口吐鲜血，逃回了长沙国。

这时，被困阵中的杨六郎听见四处的金鼓之声，料定是救兵来了，便带着将士奋勇往外冲杀，终于和杀进来的焦赞会合，顿时杀得番兵人仰马翻。经过一番激战，白虎阵被成功地攻破了。

穆桂英拈弓搭箭，一箭正射中苏何庆的咽喉

穆桂英召集众将，说：“如今已经攻破了白虎阵，我们应当乘势再破了玉皇阵，

这样一来其他的阵就好破了。”

穆桂英随即命人召佘太君、八姐、九妹进帐，对她们说：“这一回要烦请老太君和两位姑娘走一趟了。”

佘太君说：“此事关系国家生死存亡，老身怎敢推辞！”

桂英说：“玉皇阵里有‘黎山老母’，老太君明日去了之后，只要先擒住她，其他的关节就好攻了。”佘太君回去准备。穆桂英又让王贵带兵从玉皇殿正殿攻入，去接应佘太君，王贵也领命而出。

佘太君带着八姐、九妹等人杀奔玉皇阵

第二天，佘太君便带着八姐、九妹等人杀奔玉皇阵。椿岩在将台上见宋兵杀来，急忙摇动红旗。董夫人所扮的“黎山老母”看见信号，带兵杀了出来。佘太君等人与辽兵交战不几个回合，突然四周金鼓齐鸣，杀声震天，一群辽兵冲出来，将众人团团围住。

王贵得知佘太君被困，急忙杀进来营救，不料被辽军元帅韩延寿一箭射中心窝，气绝身亡。

这时，穆桂英带了人马赶来救援，正看见八姐和董夫人交战。八姐眼看力不能支，穆桂英迅速拈弓搭箭，一箭将董夫人射死在马下。穆桂英乘势杀散辽兵，救出了佘太君等人。大家兵合一处，纵横冲杀，玉皇阵也被攻破。

回营后，众将安葬了王贵，又决议第二日攻打迷魂阵。钟道士说：“迷魂阵最为惨毒，明日出战，一定要谨慎小心。”然后他如此这般地吩咐了众人一番。

第二天一早，穆桂英带兵杀入迷魂阵内。迷魂阵的阵主是老道王子灵，副阵主是大都督冯贵山。两人带了四员副将和七千辽兵，在迷魂阵内严加防守。

穆桂英带兵来到阵前，走近洞门。洞门顶上的熊贵

都督：古时的军事长官，为统率诸军的大将，出现于汉末。北宋时期一般由亲王担任，不常设置，缺者由知府代任，掌本府兵民之政。其地位较高者称大都督。

山见宋兵杀来，一声令下，辽兵万箭齐发，宋军伤亡惨重。穆桂英当即一面命令大将朗千、朗万领兵绕上山坡，杀退敌人的伏兵，一面让岳胜调来盾牌抵挡。

穆桂英抬头看见洞顶上插着一面红旗，心想，这一定是此阵指挥中心的信号旗。于是，拈弓搭箭向红旗射去。只听“咔嚓”一声响，红旗应声而落。熊贵山的副将多尔臣看见红旗倒下，便“唰唰唰”打出三支飞镖，直冲穆桂英面门而来，穆桂英“啊呀”大叫一声掉下马来。多尔臣以为穆桂英中镖，得意扬扬地从阵里走出来。说时迟，那时快，只见穆桂英一个鲤鱼打挺，从地上弹了起来。紧接着，把刚刚暗中抓在手里的飞镖又朝多尔臣打去。多尔臣毫无防备，中镖而死。辽兵见多尔臣死了，顿时阵脚大乱。熊贵山一声怒吼，举起狼牙棒就向穆桂英扑过来。他的三员部将见此情形，也一起向穆桂英冲过来，却被孟良、焦赞拦住。

熊贵山和穆桂英大战了四十多个回合，仍未分出胜

熊贵山和穆桂英大战了四十多个回合，仍未分出胜负

穆桂英用红绒套索将王子灵活捉了

负。熊贵山求胜心切，一记重棒直向穆桂英头上砸来。穆桂英身子一闪，熊贵山一棒打空，险些跌下马来。穆桂英横刀一推，顺势手起一刀，熊贵山的人头就落在了地上。

辽兵眼见失了主帅，纷纷丢盔弃甲而逃。宋军众将乘势掩杀，辽兵吓得纷纷投降。

穆桂英正想冲过洞门，忽然听见左边山头上传来一声高叫。穆桂英扭头一看，只见一个披头散发、面目狰狞的妖道手持拂尘站在山顶，正是王子灵。只听他口中念念有词："天门闭，地门关，进阵要比登天难。地门闭，天门关，要出洞门死山前。"

原来，这迷魂阵的关门上有两个大头鬼，这两个大头鬼内颇有玄机，外行人不知道此中的诀窍，即使费尽九牛二虎之力也休想打开关门。但这哪能难倒穆桂英，她纵马冲到关门前，举起降龙木，对着两个大头鬼的舌头"啪啪"各打一下，大石门"吱呀呀"就开了。石门开处，洞里弥漫出一股阴气，许多妖魔鬼怪号哭着直杀过来。

拂尘

拂尘是道门中人所用之物，有拂去尘缘、超凡脱俗之意，也是道门中人外出云游随身携带的必备物品。在道教体系里，拂尘是道场中的一种法器，后由道人将其演变成兵器，使用时以劈、缠、拉、抖、扫为主，属软兵器之类

穆桂英回头对众将官说："大家不要害怕，这些厉鬼都是人扮的，我们只管杀进去即可。"说罢，带头冲杀进去。假鬼们见自己被宋军识破，纷纷争相逃命。

穆桂英率众杀出洞门，正要向前冲去，忽然迎面一队人马拦住了去路，领头的正是那个披头散发的老道王子灵。只听他在马上高声喊道："什么人破了我的鬼门关？快来受死！"

穆桂英心想：擒贼先擒王，这妖道如今来得正好！想罢，她掏出红绒套索往空中一甩，然后一拉，便出其不意地将王子灵生擒活捉。

经过一番血战，迷魂阵也被攻破。宋军上下一片欢腾，杀猪宰羊，好好庆祝了一番。

随后，穆桂英又乘胜让呼延赞、孟良、焦赞、岳胜、张盖等人兵分五路去打玉皇殿。

众将得令，各自领兵五千，从东、南、西、北、中五个方位同时攻入玉皇殿。呼延赞刚一入阵，便遇见金龙太子。两人狭路相逢，斗了十几个回合后，金龙太子佯败而逃。孟良、焦赞乘势杀入殿中，刚刚接近将台前的珍珠白凉伞，忽然从伞下透出一股杀气。呼延赞不敢贸然突入，便率领众人绕过北阵，迎面正遇见土金秀。岳胜拍马去斗土金秀，却被土金秀活捉了。

孟良见岳胜被捉，带兵拼命闯入敌阵。他趁混战之机，化装成辽军的模样，冒死把岳胜救了出来。几位将领会合一处，退回了大营。

焦赞挥舞钢刀，砍倒了日月皂罗旗

第二天，穆桂英分兵派将，让孟良先去偷玉皇殿前的珍珠白凉伞，再命焦赞砍倒两面日月皂罗旗，杨六郎负责捣毁四十九盏信号灯。众人欣然领命。

孟良、焦赞领兵冲进玉皇殿，番兵见两人勇猛，哪个还敢上来抵挡。两人长驱直入，直杀到玉皇殿侧。孟良不顾一切，上去就一把夺下了珍珠白凉伞；焦赞挥舞钢刀，砍倒了日月皂罗旗。正在这时，土金秀又冲杀过来。焦赞怒吼一声迎了上去，不几个回合，土金秀就成了焦赞的刀下之鬼。

这时，六郎领兵杀来，他弯弓搭箭，射落了四十九盏信号灯。大阵的指挥系统被毁，辽军彼此之间失去了联系。

金龙太子见此情形，正要逃跑，被穆桂英一箭射死当场。

破了玉皇殿后，穆桂英随即命令孟良攻入朱雀阵，焦赞攻入玄武阵，六郎攻入长蛇阵。终于，整个天门阵陷入首尾不能相顾的局面。穆桂英没有给辽兵喘息的时间，以迅雷不及掩耳之势迅速出兵，将敌阵一一击破，大获全胜。

龙

龙是我国古代传说中的神异动物，身体长，有鳞，有角，能走，能飞，能游泳，能兴云降雨。古代皇帝常以龙自喻，一些有影响力的人物也常常被赋予龙的形象，被人们看作是龙的化身

已经陷入绝境的萧天佐困兽犹斗，这天，他带兵来宋营前讨战。杨五郎领兵迎敌，两人连战二十多回合，不分胜负。杨五郎见难以胜他，便从背上抽出降龙棒，看准机会，照着萧天佐肩膀就是一棒。萧天佐猝不及防，被打得现出原形，变成了一条张牙舞爪的黑龙。五郎抡起开山斧砍将下去，黑龙登时变成了两截。

杨五郎一降龙棒将萧天佐打得露出原形，变成一条张牙舞爪的黑龙

杨五郎领兵长驱直入，接连杀死了耶律尚、耶律奇等四员辽将。

韩延寿眼看大势已去，慌慌张张地来禀报萧太后说：“如今周围全是宋兵，太后快逃吧！”

萧太后大惊道：“吕军师呢？”

韩延寿说：“昨天就不知去向，料想是早逃走了。”

萧太后听了，慌作一团，和韩延寿、耶律学古等人狼狈逃回了幽州。她的女儿单阳公主被宋军俘获，不久投降了大宋。

第二十七章

九龙斗武

太守：官名，原为战国时对郡守的尊称。西汉时，郡守改称太守，为一郡最高行政长官。到了宋代，郡已不再设立，而以州刺史代替郡守。此后太守不再是正式官名，仅用作刺史的别称。

宋军破了天门阵，得胜回朝，满朝文武欢欣鼓舞，只有王钦一人闷闷不乐。这天，王钦忽然心生一计，去向真宗奏道："为臣深蒙皇恩，却不曾为圣上立下寸功。如今番兵在天门阵一战中大败，谅来已经畏服我朝，乞陛下派微臣前去招降，以绝后患。"

真宗说："此言可见爱卿忠心。"随即下旨令武军尉周福和王钦带着赦免令去辽国，招降萧太后。

王钦和周福接旨，骑马向幽州进发。从汴梁到幽州有两条路可走：一条要经过黄河，另外一条须经过三关。王钦心想，若从三关走，若被杨六郎识破，定会被他捉去。于是，他对周福说："我有个重要的文书忘了带，你先前去，我随后便到。"周福不知是计，便答应了。

王钦向真宗启奏，请求去幽州招降辽国

周福这天来到三关地界，被六郎的几个巡逻兵拦住去路，绑上了山寨。原来，六郎前几日接到八贤王通报，说王钦有可能通辽，让他加强防备。谁知王钦早已逃脱。六郎无奈，只好留周福在寨内歇了一夜，第二天放他继续向幽州进发。

再说王钦甩掉周福后，途经太原府，他向太守薛文遇借了船只渡过黄河，从那里赶到了幽州。第二天早上，经近臣奏告，王钦前去朝见萧太后。萧太后一见王钦，怒发冲冠，拍着桌子大骂道：“你这奸佞贼子，我正恨不得揭了你的皮，你自己倒送上门来了。你今日来得正好！”喝令左右：“给我绑了，推出去碎尸万段！”

大将耶律休哥见此情形，连忙上前阻拦道：“太后息怒！他今日远道而来，必有要事。太后不妨先让他把话讲完，如若言之不合，再斩不迟。”

见萧太后仍然余怒未消，耶律学古又在一旁奏道：“王钦如今形同笼中之鸟，杀他又有何难。乞太后暂宽其罪，容他禀奏详情。”

王钦向萧太后献计，要赚取宋朝十大文臣

萧太后这才平息了怒火，让人放了王钦，问他此来的用意。王钦惴惴不安地奏道：“臣到了南朝之后，并非不尽心，只是机运不巧，找不到机会。如今大宋天子想乘娘娘兵败之际，发兵来灭幽州。臣特请求出使来见，想从中寻找机会，以报娘娘之恩。”

萧太后听了，方才转怒为喜道：“卿有何良策能图中原？”

王钦说：“如今宋朝的良将都被遣在边关，朝廷里只有十大文臣在。娘娘可在回信中假称愿意投降，让十大文臣来九龙飞虎谷接受幽州地图。等他们来了，我们将他们拿住做人质，要挟宋朝皇帝和我大辽平分中原。”

萧太后听了，心中大喜，便依计给宋朝回了信，让王钦带了回去。王钦辞别萧太后，离了幽州，向汴梁进发。半路上，他恰好遇见周福，王钦对周福说萧太后已经接受投降。周福不知其中原委，非常高兴，随即和王钦经黄河渡口赶往汴梁。

八贤王建议去向杨六郎借兵求助

回到汴梁，王钦向真宗复命道："为臣领命入幽州传旨，萧太后愿献出九州图籍，但却要我大宋十大朝臣前往九龙飞虎谷接受降书，为臣不敢擅自作主，乞请陛下定夺。"真宗听说萧太后肯投降，龙颜大悦，不假思索就下旨，命大臣们准备起程。

朝臣们得知消息，议论纷纷。寇准说："这肯定是番人的奸计，若执意前往，必然遭遇不测。"大臣柴玉说："可是圣命难违啊。"

八贤王说："各位不必担忧，此去幽州要经过三关大寨，我们找杨郡马借兵相助，保管不会有事。"寇准等人大喜。

第二天，十大文臣入朝辞别真宗，向九龙飞虎谷进发，不几日来到佳山寨。八贤王把事情经过告知六郎，六郎便派孟良、岳胜、焦赞等二十多员部将扮成随从模样，身藏兵器，随十大文臣同行。

当天，八贤王辞别六郎，和众大臣径直赶往九龙飞虎谷。

十大文臣来受降的消息传到辽国，萧太后便派耶律学古为行营总管，带了一万精兵，先去九龙飞虎谷等候。耶律学古接了命令，率兵在九龙飞虎谷扎下大寨。第二天，他选了一块四周都是悬崖绝壁的平地，在四周埋伏了一万精兵，专等宋朝大臣到来。

悬崖绝壁

地势险要的地方往往是行军打仗时埋设伏兵的最好所在。图中所示之处地形复杂，山势陡峭，作战时易守难攻

这天，十大文臣到达九龙飞虎谷。耶律学古让兵马远远回避，自己亲自前去迎接。他邀请十大文臣第二天晚上在谷口会宴，说在宴上签署归降文书。宋朝大臣应允，在辽营的南面扎下营帐。

耶律学古回营后，一面派人备办宴席，一面派人奉书前往宋营，对八贤王等人说明日面议受降文书时，众人不得携带任何兵器。

辽兵走后，寇准说："看来明日的宴席凶多吉少，幸好殿下有先见之明，让六使派了部下同行。"当即命令孟良等人做好准备。

第二天，耶律学古在谷口看见宋朝大臣骑马而来，并没有带兵马，心中暗喜，把众人邀请进九龙飞虎谷中。双方见礼完毕，众人分宾主落座。

八贤王代表大臣们致辞道："萧太后肯归顺我大宋，不失为一代名主，大辽能有这样的君主，也是天下百姓的莫大福分。"

耶律学古假意说："太后早有此意。大家先喝酒，此事我们容后计议。"说着下令乐工奏乐，俨然一派热闹景象。

酒至半酣，耶律学古起身说道："承蒙各位大驾光临敝国，我大辽地方偏小，没有什么为各位助兴的，且

卷龙纹铎

古人宴请宾客时，常命乐工奏乐助兴。图为一种撞击乐器——铎，常用于军旅之中。其鼓腹中空，满饰卷龙纹，可以执柄使用

耶律学古将宋朝众臣邀请进九龙飞虎谷

鸿门宴

鸿门在今陕西临潼东北。秦末，为与刘邦争夺天下，项羽邀刘邦到鸿门赴宴，想趁机将其杀死。宴会上，项羽谋士范增命项庄舞剑，伺机刺杀刘邦。项伯遂拔剑起舞来掩护。后刘邦乘机逃回汉营

请在下的几位将官来舞剑为乐！”

八贤王闻言，起身说：“将军昨天派人前来，告诉我们不得携带寸刃，况且这又不是鸿门宴，用得着舞剑吗？”八贤王话还没说完，耶律学古身边的谢留已经跳出来，手持长剑，在席间舞了起来。

八贤王眼看势头不对，向身后喊道：“随从何在？”孟良早已抽出利剑，挺身出席，高声道：“辽人会舞剑，难道我中原壮士不会？”说罢，挺剑和谢留对舞起来。

耶律学古见孟良意气昂扬，料定是一位大将军，不敢让谢留和他硬拼， 便让他们比试箭法。孟良淡然一笑：“悉听尊便。”

谢留说：“那我们今天就来个有意思的比法：将人绑在柱子上，另一人在百步之外连射三箭，谁能躲开就算谁赢。”孟良听了，心里暗暗骂道：“这贼子想暗算我，看我先结果了你的性命。”想罢，不假思索地说：“谁来先射？”

谢留说道：“我来先射！”

孟良大步流星走到了校场上的柱子前，让番兵把自己绑了。八贤王等人一个个紧张得脸色煞白。这时，谢留拉开硬弓，第一箭直向孟良的头部飞去。只见孟良将口一张，竟然将那支箭咬住了。

说时迟，那时快，紧接着，谢留的第二支箭已经离弦，直朝孟良的咽喉飞来。孟良将头一歪，那箭便擦颈而过。谢留见两箭落空，

孟良抽出利剑，挺身而出，和谢留对舞起来

心里一慌，又朝孟良的腹部放了一箭，不料被孟良的护心镜挡住，没有射进去。宋朝大臣们虚惊一场，齐声喝彩。

八贤王看到四郎射进谷里的信，欣喜万分

这时，孟良走到谢留身边，对他说："借你的弓箭给我用用。"谢留不便反悔，只好把弓箭递给孟良，让人把自己绑在柱子上。孟良在百步之外引弓搭箭，他故意射偏了第一箭。谢留见孟良一箭不中，便放松了警惕。他哪料到，孟良的第一箭刚射出，第二支箭便直冲着他的咽喉狠狠地射来。谢留根本来不及闪躲，应弦而死。

耶律学古见谢留被孟良射死，气急败坏，一声令下，四周埋伏的辽兵一拥而上，把宋臣团团围住。岳胜、焦赞等人见此情形，也各自取出随身藏着的兵器，冲杀上来。耶律学古见对方已有防备，怕吃眼前亏，便率领人马退回了营地。

孟良等人保着十大文臣向谷口冲去，不料只听几声炮响，山谷四周埋伏的辽兵一起杀出，将谷口死死堵住。宋朝的十位大臣和六郎的二十几位部将，全被困在了山谷里。

萧太后在幽州得到消息，欣喜异常。正欲出兵，突然叹息道："天门阵一战丧我无数良将，如今到哪里去找保驾先锋？"萧太后话音未落，只听一人说道："臣蒙太后厚恩，无以报答，愿随太后出征。"说话的正是木易驸马，萧太后欣然允奏。

护心镜：古代将士佩在身上起保护作用的装置。一般位于胸口正中的位置，多为圆形，正面凸出，较其他部分甲片厚；其表面较光滑，因此被称作"镜"，在受到攻击时可以起到缓冲、转移正面冲击的作用。

原来，木易驸马杨四郎听说宋朝大臣被困在谷中，粮草已经断了，于是主动要求出战，以便伺机帮助宋军脱险。

到了九龙飞虎谷的当晚，四郎写了一封信，用箭射进谷中。八贤王看到信后欣喜万分，对寇准说："这信

六郎率领大军即刻启程，赶往九龙飞虎谷

是杨延朗将军所写，他让我们赶紧去搬救兵，还说山后有二十车粮草相赠。”孟良带兵赶到山后，果见停有二十车粮草，宋臣数人暂时有了给养。八贤王说：“这二十车粮草可暂解燃眉之急，但是如果没有救兵前来救援，终是难逃此劫。众位可有何良策？”孟良说：“殿下尽管放心，末将这就偷偷潜出谷去，到汴梁搬救兵。”八贤王大喜，孟良自去准备。

孟良刚偷偷潜出谷口，就被辽军的巡逻兵捉住，押去见驸马。四郎认出孟良，故意呵斥道：“你这个笨蛋！我让你到幽州去见公主，你怎么被人捉了回来？”随即命人把孟良放了。

孟良走出辽营，心想：“如果不是杨将军，我今日性命难保。”他想直接去汴梁，但又担心路途遥远，延误了时间反而误了大事，便就近先来到了五台山，向杨五郎求救。五郎听孟良说罢事情经过，便赶紧带了一千多头陀下山赶往九龙飞虎谷。随后，孟良又火速奔向佳山寨，将事态告知杨六郎，六郎立即带兵出发。孟良又快马加鞭赶到汴梁，求真宗发兵。真宗下旨，封杨宗保为先锋，八姐、九妹为副先锋，带五万兵马，火速赶往九龙飞虎谷。

头陀：泛指行脚乞食的僧人。头陀为印度语说法，中文译为修苦行者。

宋朝救兵来得又快又猛，合兵一处，打得辽兵措手不及。耶律学古见大势已去，带兵逃回了幽州。

第二十八章

重阳女闹幽州

杨六郎大败辽国后，和八贤王商议，决定趁机一鼓作气，灭了辽国。八贤王说：“辽国一直是大宋的心腹大患，我们不如乘今日直捣幽州，这可是大好机会。”

六郎说：“殿下的想法正合我意。况且有我四哥在幽州城里作内应，此举一定能够成功。只是圣上那里……”

八贤王明白六郎的顾虑，回答道：“你只管领兵作战，圣上如有怪罪，由我一力承担。”

六郎的顾虑：为了集中军权，宋朝有“将从中御”的规定，即君主对率军出征的将领，不给以机断行事的指挥全权，事事必须禀承皇帝或按朝廷的旨意行动。书中六郎所顾虑的，就是这条政策。

六郎当下任命岳胜、孟良、焦赞为先锋，八姐、九妹、杨宗保为前后救应，呼延赞为监军保护朝臣，自己与五郎在营中指挥作战。分派已定，各路兵马直向幽州杀奔而来。

宋兵排山倒海一般直捣辽都幽州

再说辽兵败逃回幽州后，萧太后又急又气。正在无计可施之际，耶律休哥劝慰道：“胜败乃兵家常事，太后不必忧虑。我们幽州城里积有十年之用的粮草，精兵猛将不下数十万。宋兵若来侵扰，我们就和他们决一雌雄，到时鹿死谁手，犹未可知。”

两人正说话间，人报木易驸马从军前回来了。萧太后把驸马宣进大殿，木易说：“听说宋军要来攻打幽州城，母后千万小心提防。”木易话音未落，忽然探马来报：“宋兵杀来了，将幽州城围

凤冠

凤冠是古代女子婚聘时的普遍装束。图中凤冠以丝帛为面料制成，上嵌金凤，并镶有宝石、珍珠数颗，极其奢华

得水泄不通。”

萧太后大惊失色，木易趁机说：“母后不要担忧，待儿臣带兵出击，一定能杀退敌兵。”萧太后非常欣慰，叮嘱了一番，木易领命而出。

再说原河东北汉有个庄令公，曾和杨令公家交好。他有个女儿，因为是九月九日重阳节所生，所以取名重阳女。这重阳女自幼习武，十八般武艺样样精通。杨令公还在北汉的时候，庄令公曾将重阳女许配给杨六郎，只因后来战事不休，才将这事耽搁了。最近，重阳女打听到六郎正在率军围攻幽州，便领兵前来相助。

六郎这天正在中军大帐里，忽士兵报河东重阳女到。六郎闻报，猛然想起旧事，忙让岳胜出去迎接。重阳女进得大帐，和六郎见过礼后，两人各诉往事，不胜欢喜。六郎说：“如今战事未停，待我回去之后禀报过母亲大人，再行聘礼。”

重阳女和六郎相见，两人各诉往事，不胜欢喜

重阳女说：“我刚来大营，寸功未立。不如假装去投萧太后，然后与你里应外合，以成大事，不知将军意下如何？”

六郎说：“你若能出力，我们更能稳操胜券，这又有何不可？”

重阳女于是率领一万兵马，打着“河东重阳女”的大旗，假装冲开宋军大阵，杀奔到幽州城下，在城下高叫开城。守城的辽兵急忙报告了萧太后，萧太后命令耶律学古开门接应。重阳女进了幽州城，见到萧太后，上前拜道：“为臣是河东庄令公之女，听说太后被宋军所困，特来归顺，以助太后脱困。”

萧太后听了重阳女的话大喜，当即

四郎识破了重阳女的身份，令她大吃一惊

下令大摆宴席，款待重阳女。

酒过三巡，重阳女对萧太后说："情势危急，待为臣先去活捉几个宋将回来，挫挫他们的锐气。请太后恩准。"萧太后点头应允，重阳女谢宴而出。

再说杨四郎见重阳女来得蹊跷，又想起她曾经许配给弟弟杨六郎，心想其中必有缘故，便向萧太后请示道："儿臣愿领兵协助重阳女出战。"萧太后说："驸马能去协助最好。"四郎领命，去与重阳女商议出兵之事。重阳女说："宋兵虽多，要破却也很容易。驸马可出北门先战，我带兵在后面接应。"四郎笑着说："照你这样打法，这幽州城一战就能被攻破。"重阳女大吃一惊，问道："驸马何出此言？"四郎说："我们同事一主，你休要瞒我！"随后，将自己的真实身份相告。重阳女大喜过望，说："你我携手，要破幽州城更是不费吹灰之力了。"四郎说："事情一定要做得机密。萧太后手下还有许多精兵猛将，我们先要把这些爪牙除掉。明日出兵，我会让上万户、下万户、药义、药信去打头阵，你趁机先斩了这四个人，再领宋兵杀进来，幽州城便唾手可取。"

第二天早上，一声炮响，上万户、下万户、药义、药信四人在四郎的命令下纵马杀出城外，恰巧遇见岳胜来战。四人一起上前，岳胜寡不敌众，拨马便走，番兵乘势追击。这时，重阳女领兵随后赶来，大喝一声："辽兵休走！"手起刀落，把药信劈死在马下。药义大惊，猝不及防，也被岳胜回马一刀劈成了两半。孟良、焦赞乘机掩杀，砍死了上万户，下万户也被乱马踏死。

重阳女这时早已勒转马头，带头杀进了幽州城，宋兵一拥而入。霎时间，幽州城里人喊马嘶，杀声震天。

杨四郎和重阳女引领着宋军杀进了幽州城

萧太后在内宫听见喊杀声，正在纳罕。这时，一个内官跌跌撞撞地跑来报告："太后，大事不好，城池已被宋军攻破了！"

萧太后一听这话，顿时跌坐在地，自思道：我乃堂堂一国太后，若被宋军擒拿，必遭羞辱，不如自己了断了干净。想罢，她慢慢走到后殿，脱下金冠，悬梁自尽了。

琼娥公主见母亲死了，又惊又慌，急得团团乱转。正在这时，四郎来到宫内。琼娥公主慌忙说："驸马快走！母后已经自尽，四面到处都是宋兵。"

四郎说："公主不要惊慌，我本是杨令公的儿子，木易只是假名。你对我恩重如山，我绝对不会伤害你。你若肯的话，就跟我回中原；不肯，我也不会强求。"

琼娥公主听罢跪倒在地，哭着说："如今已经国破家亡，驸马顾念夫妻旧情，妾身岂有不肯的道理？"四郎大喜，收拾金银首饰，带着琼娥公主杀出城去。

两人在殿外遇见耶律学古，四郎大喝一声："逆贼

金冠

冠饰是我国古代金银首饰中最多的饰品之一，这套金冠的主题造型为一展翅的雄鹰站立在一个狼羊咬斗纹的半球体上，俯瞰着大地。额圈上有浮雕卧虎、卧式盘角羊和卧马造型，中间部分为绳索纹，非常精美

休走！”耶律学古没有防备，被四郎一刀斩了。耶律休哥听说宋兵杀进了城，慌忙剃了须发，装扮成僧人模样，从后门逃走了。

再说幽州城破后，六郎和八贤王等人率领众人来到萧太后的金殿，这时宋将已活捉了辽国王子两名、上至丞相的官员四十九名、辽将三十六名。六郎让人把这些俘虏装进囚车，等候押解回京。

金花银靴

图中靴为冥器，由薄银仿实物制成。其外表錾刻云凤纹，花纹鎏金，制作工艺和形制与实物相同，反映了辽代契丹贵族的殡葬习俗

不久，所有大将都在殿下聚齐，四郎赶来拜见八贤王，说：“罪臣被迫寓居辽国十八年，今日得见殿下，深感惭愧。”

八贤王抚慰道：“今日平定辽国，全是将军的功劳。圣上得知，定然会有重赏，将军何必惭愧。”四郎拜谢而退。

六郎说：“如今幽州已经平定，请殿下张榜安民，再班师回朝。”八贤王应允，让寇准起草了榜文，命人在幽州城各处张贴。辽国统治的地方纷纷归附大宋。

这一日，八贤王在辽国大殿上大摆宴席，犒劳诸位大将。酒席散后，四郎对八贤王说：“臣有一事相求，恳请殿下应允。”

八贤王说：“将军有什么话，但说无妨。”

四郎说：“为臣在辽国居住一十八年，深得萧太后看顾。如今她已死去，乞殿下将她的尸骨埋葬，以让为臣报答她的知遇之恩，也省得番人骂我杨延朗是忘恩负义之人。”

八贤王说：“将军是性情中人，这个心愿理当满足。”第二天，八贤王一面申报朝廷，一面下令将萧太后的尸首以王礼厚葬。

随后，八贤王率领军队班师回朝。八贤王、六郎等人回到汴梁，真宗派文武百官出城迎候。次日早朝时，八贤王带领众大臣去

攻破幽州城后，杨四郎上前拜见八贤王

朝见真宗，向他献上了平定辽国的奏章。真宗看过奏章之后，龙颜大悦，慰问了众位大臣一番。寇准奏道："臣等承蒙陛下洪福，杨六使等人一心为国，如今已平定大辽，乞圣上封赏他等。"真宗准奏，给杨六郎、杨四郎、八姐、九妹、穆桂英以及六郎的部将们都一一加官进爵。

散朝后，四郎随着六郎回天波府拜见佘太君。母子二人分离十八年，如今重逢，悲喜交集。

四郎跪倒在地，哭着说："孩儿在辽国苟且偷生十八年，未能侍奉母亲左右，致使母亲白发飘零，是孩儿之大不孝。"

佘太君伤感地劝慰道："今日能与我儿重逢，已经是不幸中的大幸，快去把公主叫来让为娘看看。"

四郎于是带琼娥公主来拜见佘太君。佘太君上上下下打量了琼娥公主一番，喜不自胜地说："如此端庄贤淑的女子，真是我儿的好姻缘！"当即命人大摆酒席，为四郎夫妇接风洗尘。一家人开怀畅饮，一直热闹了半

宋真宗为杨六郎等众将一一加官进爵

宗保奉旨捉拿王钦，终于在黄河渡口追上了他

夜。席散后，五郎又带着头陀兵回了五台山。

再说正当举国欢庆之时，王钦听说辽国灭亡的消息，生怕大祸临头，便装扮成云游道人的模样，连夜逃出汴梁城。

真宗得知王钦出逃，龙颜震怒："此贼几次有通敌反叛之意，朕法外开恩，均未深究，不料如今竟又背朕出逃！"随即召集大臣们商议对策。

八贤王说："王钦罪恶滔天，国法难容。料来出城不远，请陛下命骑兵前去追捕。"真宗准奏，下旨让杨宗保带兵前去捉拿王钦。宗保接了命令，一路轻骑急追，终于在黄河渡口追上了王钦。

王钦这时刚刚上了一只渡船，艄公刚要开船，只见岸上十几个官兵模样的人骑马追来，高声喊道："船家，有没有看到一个道士过河？"

艄公闻言，转身向王钦问道："你且告诉我你到底是什么人？"

王钦只好以实相告："我就是当朝枢密使王钦，船家开恩，快渡我过河去吧！"

艄公不听这话还罢，一听勃然大怒，咬牙切齿道："你这弄权祸国的大奸臣！年年指使贪官污吏盘剥得我们走投无路，正没处报仇雪恨，天幸今日落在我的手里！"说罢，掉转船头，把王钦渡上岸，交给了杨宗保。

不几日后，杨宗保将王钦押解回京城。真宗命人将他押上大殿，斥骂道："朕一向待你不薄，你却屡次进献谗言，陷害忠良。朕今日若再纵容你，你必定又生祸端。"当即下令，将王钦凌迟处死。

玉皇大帝

道教称天界最高主宰之神为玉皇大帝，犹如人间的皇帝。传说他掌管一切神、仙和人间、地府之事，也称天公、玉帝等。图为樟木雕玉皇大帝像

第二十九章
误杀焦赞

杨六郎受封后，在殿前谢过皇恩，又向真宗奏道："为臣部下蒙圣上隆恩，均可即日赴任就职，只有臣老母在堂，乞陛下优容期限，使为臣承欢膝下，稍尽人子之道。"

承欢：迎合人意，博取欢心，特指奉养父母，使父母感到欢喜。

真宗说："如今边患已平，爱卿不必焦急，且在家中孝敬老太君，以后再等朕的圣旨通知你赴任。"

六郎领了圣旨回到天波府，岳胜、孟良、焦赞等人都在府里等他，不肯离开他去赴任。六郎再三劝说，岳胜哭着说："我等能有今日的功勋，都是仰仗将军。如今要让我们离你而去，我们于心何忍？"

窗子被一阵风吹开了，六郎见死去多年的父亲杨继业站在窗外

六郎只得又好言好语地劝说了一番，岳胜等人这才恋恋不舍地拜别而去。剩下孟良、焦赞、陈林、柴干、朗千、朗万六人，坚持留下，一定要等到六郎离京赴任后才肯去上任。六郎无奈，只好把六人留在天波府。

这天晚上，六郎独自在庭院里散步，仰望浩渺的星空，忽觉百感交集。六郎叹息了一番，才回到了房里。他正要脱衣就寝，恍惚中西边的窗子被一阵风吹开，六郎抬眼望去，只见死去多年的父亲站在窗外。六郎大惊，慌忙跪拜在地。

只听杨继业说："你先起来，我有事要对你说。如今玉皇大帝怜我忠义，封我做了威望之神，我已经知足了。只是我的骸骨

还远在异域，不能安葬故乡，是我心中大憾。望我儿替为父了此心愿，不要使我魂魄无依，漂泊异乡。”

杨继业说完便不见了。六郎呆了半晌，正想开窗去追，突然一挣扎醒来，发现原来是一场梦。

六郎把自己梦到父亲显灵的事告诉了佘太君和四郎

第二天清早，六郎就赶去见佘太君，把这件事告诉了她。四郎在一旁听见，大吃一惊，说：“六弟不说，我也正要向母亲禀告此事。我被辽兵捉去后不几天，辽兵就取回了爹爹的首级。萧太后和大臣们害怕我朝派人去偷了父亲的骸骨，就埋了一份假的在红羊洞，把真的藏在了望乡台。当年孟良在红羊洞取回来的是假的。如今六弟做了这样的梦，莫非真是父亲显灵？”

佘太君听了，说：“如今辽国已经归降，派人到望乡台取回来归葬便是，这有何难？”六郎说：“若公开去取，弄不好还会是个假的。辽人一向惧怕父亲，把他当作威望之神，怎么肯轻易把骸骨给我们？我看不如叫孟良再去盗一次为好。”四郎说：“六弟言之有理。”

母子三人商量已定，就把孟良叫来。六郎说：“如今有一件要紧差事要你去办，一定要小心谨慎行事。”

孟良说：“将军差遣，孟良赴汤蹈火，万死不辞。”六郎说：“我知道只要你去，肯定能够办成。如今我父亲的骸骨被埋在望乡台，烦劳你秘密去取回来归葬。”六郎话音未落，孟良说：“这事好办！当年两国交兵之时，我都能在辽国来去自如，如今已经天下一统，我还怕什么？”六郎说：“话虽这么说，但是番人防守严

孟良说：“将军放心，番人断然消受不起孟良一斧头！”

密，你还是小心行事为好。”孟良说：“将军放心，番人断然消受不起孟良一斧头！”众人顿觉心安。

孟良走后，焦赞在府里看见几个人在唧唧哝哝地商量什么，于是就向左右询问。左右说：“六将军一大清早就让孟良到幽州望乡台去取老令公的真骸骨，如今正商量着葬礼的事呢。”

焦赞听完寻思道：“孟良多次为将军办事，而我在帐下这么多年，却寸功未立，不如今日赶在他前面去把骸骨取回来，到时候岂不就是我的功劳？”

焦赞想罢，就收拾行装，神不知鬼不觉地出了汴梁，径自往幽州而去。天波府上下，没有一个人知道。

再说孟良来到幽州后，乔装改扮，扮成辽兵的模样，在黄昏时分找到望乡台。这时，望乡台上的守兵看见了孟良，大声喝问道：“你是什么人？敢在这里走动，莫非是敌国的奸细？”

孟良说：“我本是边境的守军，近日中原皇帝放北

吉祥如意金钱

举行葬礼时给死者陪葬钱物是自古就有的殡葬习俗。图为陪葬用的钱，也称“垫背钱”，为圆形方孔式，一面为阳文吉祥如意，一面为朱色画符、藏文咒语，意为人神相通，消灾祛病

番君臣归境，派我护送回幽州。如今办完了差事，到这里来逛逛，凭什么说我是奸细！”

守兵听了孟良的话，信以为真，就没有再提防。这时天色渐渐暗下来，孟良悄悄登上了望乡台，果然在台上发现一只装骸骨的小木匣。孟良寻思道：“这匣子果然和那年盗的不同，如今这个一定是真的。”想罢，解下包袱，把木匣包好，背在肩上往台下走来。

孟良刚走到望乡台中间的台阶，突然有人从台下摸了上来，正好摸到孟良的脚跟。只听那人厉声喝问：“谁在台上做不轨之事？”孟良吓了一跳，还以为是被辽兵发现了踪迹，如今赶来抓他，来不及分辨来人的声音，慌乱之中抽出利斧，望空劈落，正劈在那人的头顶上。只听“啊呀”一声，那人“扑通”倒地，没了声息。

孟良杀死来人，往下走了几步，忽又心生疑惑：“若是番兵来抓我，怎么只有一个人？”想罢，孟良返身回到那人身边，借着星光凑近一看，惊得出了一声冷汗。原来，被孟良劈死的不是别人，正是随后赶到望乡台的焦赞。孟良又急又痛，不由仰天大哭：“天啊，我怎么会杀了自家兄弟！你怎么会跑到这里？”然而焦赞早就断了气，哪里还听得见？

孟良哭了一阵，寻思道：这趟来幽州，本来是为给六将军出力，不想如今误杀了自家兄弟，就算取了骸骨回去，也无颜见人。想罢，孟良下了望乡台，出了城门。

这时已是二更时分，恰巧一名巡夜的士兵摇着铃铛经过。孟良拦住士兵，问道：“你是哪里人氏？”巡逻兵答道：“我本是中原人，随军出来镇守边关，流

铃

铃本身的用途很多，可用作车铃、乐器等，或者巡夜者持铃摇出声响，起一种警示作用。图中铃为乐器

孟良在望乡台误杀焦赞

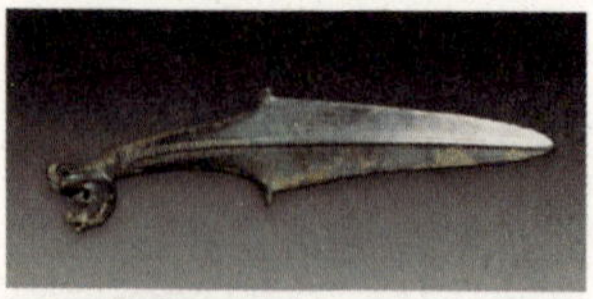

羊首曲柄剑

图中剑柄端铸羊首，双角向后盘卷，颌下有环扣。扁圆状柄向一侧弯曲，其两侧及剑中脊饰短线纹。剑格两侧外突，剑身宽短。此剑整体铸造厚重精良，装饰考究

落到这里，被番兵俘虏，做了巡逻兵。”

孟良又问：“你可认得汴梁城天波府杨家？”

巡逻兵说：“当然认得，我当年就是在杨将军手下当兵。”

孟良喃喃道：“这是六将军的福气！”然后他又对巡逻兵说：“我这里有个包袱，你帮我送到天波府去，六将军见了这包袱，必有重谢。你也可以回家乡去，不必在异乡孤苦伶仃漂泊了。”

巡逻兵说：“多谢将军，我一定送到。只是六使若问起您，我怎么回话？”

孟良说：“你不必问我姓名，到了天波府，自然就会知道。”说罢，从背上解下包袱，交给巡逻兵，再三叮嘱了一番，这才离开。

孟良转回望乡台，把焦赞的尸体背到一个山坳里，拔出身上的佩剑，叫道：“焦赞，焦赞，是我误杀了你。我们地下相见吧！”说完，自刎而死。

孟良把焦赞的尸体背到一个山坳里，拔出身上的佩剑，自刎而死

再说六郎自从派遣孟良去幽州后，整天心神不安，坐卧不宁。这天夜里，他忽然梦见孟良、焦赞浑身鲜血回来了。六郎惊得出了一身冷汗，醒来发现是一场梦。

第二天一早，六郎刚刚起床，家人便报告说有一名士兵求见，六郎命传见。士兵见到六郎后说：“小人是幽州城外的巡逻士兵，前天晚上遇见一位壮士，再三叮嘱小人把这个包袱送到将军府上。”

六郎叫人打开包袱，见是父亲的骸骨，便忙问巡逻兵孟良的消息，巡逻兵却是一问三不知。六郎重谢了巡逻

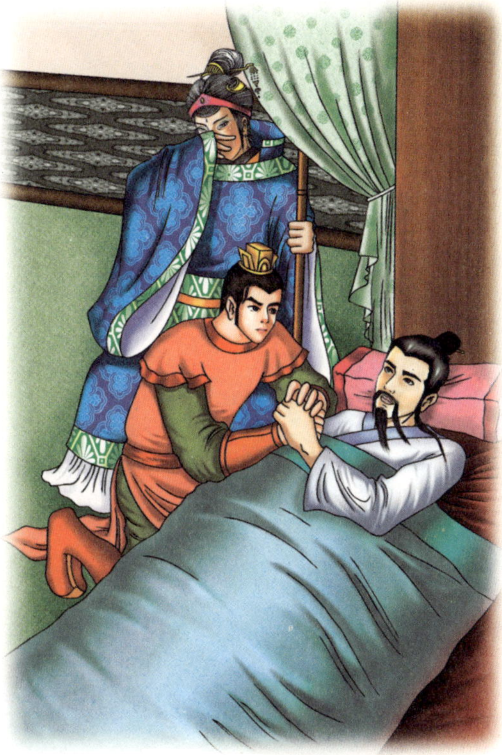

孟良、焦赞死后，六郎悲伤过度，一病不起

兵后，急忙派军校快马赶往幽州，去寻访孟良的下落。

不几天，军校回来报告说：“我们在幽州城外的山坳里找到了孟良、焦赞的尸体，如今已经将他们安葬。”

六郎仰天长叹，伤心不已。

第二天，六郎向真宗奏告了孟良、焦赞的事情。真宗追谥二人为“忠诚侯”。

六郎回到府里后，闷闷不乐，每天把自己关在屋子里，没多久就病倒了。六郎知道自己恐怕不久于人世，就把佘太君请来，叮嘱道：“孩儿不孝，眼看寿数将尽，不能为母亲养老送终了。只求母亲多加保重身体，不要为不肖儿过度悲伤。”说完，又让人叫来宗保，对他说：“我儿要好好发奋，辅佐圣上，报效国家，不要辱没杨家的名声。”宗保眼含热泪，连连点头。六郎吩咐完毕，便溘然长逝，享年四十八岁。

六郎死后，天波府上下哭声震天。汴梁城的军民听说后，纷纷落泪。满朝的文武大臣得知消息，也都悲伤不已。真宗闻奏长叹道：“皇天莫非不让朕天下太平吗？何故折损我的栋梁之臣？”

真宗叹息未毕，忽有人来奏，说八贤王得知六郎去世的消息后，悲伤过度，一病不起，已经在昨晚五更时分驾鹤西去。真宗得此消息，更加哀伤，接连两天没有上朝。

后来，寇准、柴玉等官员商议，奏请真宗为八贤王和杨六郎追封谥号。真宗说：“众位爱卿的建议正和我意。”当即下旨追封八贤王为“魏王”，谥号懿；追封杨六郎为成国公，按照王室礼仪将他们厚葬。

谥号：人死后依据其生前行迹而评定的带有明显褒贬意义的称号。帝王的谥号一般由礼官议而拟之，最后奏请钦定；臣下的谥号由朝廷赐予。

狼牙棒

狼牙棒是一种打击兵器，在纺锤的木制或铁制的锤头上，固定有很多像狼牙一样的铁钉，锤头安着长柄。使用时手握长柄，具有很强的攻击力和伤害力

西夏：由党项族李元昊于1032年建立的王朝，定都兴庆府(今宁夏银川)。1038年称帝，国名大夏，在汉籍中可称西夏。其建国后，不断侵扰宋境，1044年西夏对宋称臣。1227年，其为蒙古所灭。

殷奇带兵前去攻打宋朝边境的雄州

第三十章

血战金山

辽国灭亡之后，西夏国趁机侵吞了辽国的大片土地。西夏国王李穆早在宋辽交战的时候就想坐收渔利，如今料想宋朝必定元气大伤，就召集群臣商议趁机攻打大宋。

左丞相柯白仙劝阻道："宋朝天下一统，精兵猛将多如牛毛。辽国不自量力，落到如今的下场。我西夏只是弹丸之地，倘若前去攻打，无异于惹火烧身，请大王三思！"

柯白仙话音未落，只听一个人厉声喝道："如此大好时机，怎能错过！此时不取中原，更待何时？"

众人抬头一看，原来是羌氏人殷奇。这人武艺高强，使一柄狼牙棒，有万夫不当之勇，还能呼风唤雨，人称"殷太岁"。这殷奇手下还有一名叫束天神的部将，此人擅长妖法，人送绰号"黑煞魔君"。

国王李穆一心想打宋朝，听见有人支持他，便问道："爱卿且说说，你有什么良策能胜宋朝？"

殷奇说："为臣听说，中原的良将已经凋零大半，杨六郎不久前已经病死。边境上各关隘的守将，一有风吹草动便望风而逃，根本不堪一击。我们有无数的精兵良将，凭为臣毕生所学，先打郡县，再取皇城，管保不消多久，就能使宋朝土崩瓦解。"

殷奇一番话，说得李穆心中大喜，当即下令任命殷奇为征南都总管，束天神为正先锋，汪文、汪虎为副先锋，先去攻打宋朝边境的雄州。

真宗皇帝接到雄州边境的告急文书，大惊失色，召集文武大臣们紧急商议。大臣柴玉出班奏道："臣保举一人，足以抵御番兵。"

真宗忙问是谁，柴玉说："就是三代将门豪杰、金刀杨令公的孙子杨宗保。若派他前往，必能破敌。"

真宗高兴地说："对啊，他一定能够称职！"当即封杨宗保为征西招讨使，呼延赞的两个儿子呼延显、呼延达为招讨副使，带兵五万，驰援雄州。

杨宗保接到圣旨，辞别佘太君，带兵去雄州退敌

杨宗保接到圣旨，辞别佘太君，率领军队，浩浩荡荡赶往雄州，在离雄州十五里的地方扎下营寨。

西夏统帅殷奇看到宋朝援兵来了，召集手下部将说："杨宗保是杨六郎的儿子，文武双全，你们不可轻敌，战胜了他，以后攻取中原就易如反掌了。"

副先锋汪文、汪虎说："元帅不必多虑，末将二人保管杀退敌兵。"殷奇听罢，当即拨了步、骑两万精兵给他们，让他们领兵出战。

第二天，两军阵前呼延兄弟大胜汪文、汪虎，西夏军败退，宋军首战告捷。殷奇见汪文、汪虎大败而归，勃然大怒道："这么一点宋兵都抵挡不了，还妄想夺取中原！"说完就要亲自领兵出战。

西夏《驭马图》

西夏骑兵骁勇善战，这与西夏人善于驭马是分不开的。这是一幅西夏武士驭马图，图中人物形象生动，骏马矫健雄壮

霎时间，四周狂风大作，飞砂走石，无数黑煞魔君直从半空中冲杀下来

这时，只听束天神说道："元帅还是在军中静候佳音吧，末将这就去退了宋兵。"殷奇说："那好，明日你先出阵，我随后接应。"

第二天天刚亮，束天神便领兵在雄州城下耀武扬威地搦战。

这时，只听城上一声炮响，呼延显、周福从东门冲了出来。束天神挥舞方天画戟，打马直向周福冲杀过来，周福舞刀相迎。两人战了不到几个回合，束天神便佯败，直往自己阵里逃去。周福不知是计，领着宋兵冲进了敌军大阵。就在这时，束天神突然口中念念有词。霎时间，四周狂风大作，飞沙走石，无数黑煞魔君直从半空中冲杀下来。周福大惊失色，急忙勒转马头逃跑，不想被束天神从后面追上刺死。宋军见周福死了，乱作一团，束天神趁势带兵冲杀过来。顿时宋军死的死，伤的伤，折损人马无数。呼延显见此情形，慌忙逃到城下，喊开城门，束天神一直追杀到护城河才领兵返回。

呼延显进城后，对宗保说敌军中有一名会异术的怪人，周福敌不过，战死在他手下。宗保闻讯大惊失色，整顿兵马，决定第二天清早亲自出城作战。

次日一早，宗保来到阵前，在马上看见束天神，只见这人长着红头发、红胡须，样子十分可怕。宗保在马上骂道："逆贼快快退兵，饶你一死，否则叫你死无葬身之地！"

搦战：搦：挑；惹。即挑战的意思。

束天神见宗保言辞激切，向左右问道："他是何人？"汪虎道："他就是宋军主帅杨宗保。"束天神哼了一声，向身后问道："哪个先出阵，给我挫挫这小子的威风？"

束天神话音未落，汪文挺枪纵马，直向宋营里冲去。杨宗保截住汪文，不几个回合，宗保奋勇一枪，就将汪文刺死在马下。

汪虎见哥哥被杨宗保刺死，怒吼一声从阵里冲了出来，要替哥哥报仇。宗保打了几个回合后，佯装败逃，汪虎在后面紧追。宗保挽弓回身一箭，汪虎应弦落马。呼延显见主帅连胜，率兵一齐杀出。正当两军激战之时，束天神又念起邪咒。顷刻间，手持利刃的黑煞魔君又从半空中冲杀下来。宋军大败，呼延达被束天神活捉回了大营。杨宗保无奈，只得和呼延显领兵退回城中。

西夏木画武士像

图中人物是典型的西夏武士形象，其服饰及容貌与中原人士明显不同，带有浓厚的异域特色

殷奇得知束天神得胜，心中大喜，命人将呼延达斩首，然后下令全军严阵以待，着手分门攻城。

束天神见此情形，劝道："我们虽然胜了一阵，但也折损了两员大将。要夺取整个中原，还须去向国王请求增援。"

殷奇沉吟片刻，觉得有理，就派人回国奏知国王李穆。李穆当即派三太子统兵四万，浩浩荡荡地开到雄州增援。

殷奇见援军到来，非常高兴，但也不敢轻敌。这天，他召集众人商议说："杨宗保武艺高强，我们必须用奇兵胜他。"三太子忙问什么计策，殷奇说："离这里十五里地，有一座金山。此地地势险要，若先在谷口埋伏重兵，把敌人引进去，再断绝他们的后路，不消十几天，宋军就会全部变成饿死鬼了。到那时，雄州也就唾手可得了。"

三太子犹豫道："此计虽妙，只

殷奇和三太子商议如何定计打败宋军

怕被他们参透我们的计谋，不肯入山去。”

殷奇说：“三太子放心。宋人初到这里，还不清楚四周的地形，为了引他们前来，我们可以先把营寨移到金山脚下去。”

三太子心想有理，便同意了殷奇的计谋，下令把大营移到金山脚下，并在四周埋伏好精兵。

果然不出殷奇所料，杨宗保见宋军大败，心里异常焦躁。这天，呼延显领兵出战，又损失了两员将领。宗保见状，下令明日全体出兵，去与敌人决一死战。

次日，杨宗保令呼延显打头阵，杀向金山脚下。呼延显冲到阵前，正遇见束天神，两人纵马就战。不到几个回合，束天神就向金山里边的小路上跑去。杨宗保正要拍马追上去，邓文从后面赶上来劝阻道：“元帅，敌兵刚开战就逃，前面肯定有伏兵；而且此处离城已远，如今不赶紧收兵，悔之晚矣。”

束天神诈败，杨宗保率军追赶，误入金山谷

宗保一心要剿敌，哪听得进去，说：“兵贵神速，如

今正宜长驱直入，一鼓作气擒敌。就算有伏兵，又有什么可怕的？”说完，领着将士们全力冲杀。将近山脚，只见地上有许多敌兵留下的辎重衣甲，宋军更加深信不疑，一直追进了金山谷里。

刘青趁乱偷了一匹快马，向汴梁飞奔而去

这时，天色渐渐暗下了下去。忽听一声炮响，埋伏在四周的西夏伏兵一齐杀出，将金山谷口死死封住。

杨宗保闻讯大惊道：“不听邓文忠告，果然中计了！”忙下令将士们奋力杀出去。可此时敌兵已经将谷口死死把住，木石箭矢似雨一般地射下来，宋军伤亡无数，根本无法冲出去。宗保又派人到山后寻路，军士回报说山后是一条绝路。

杨宗保万般无奈，只好召集众将商议。杨宗保后悔不迭地说：“不熟悉地理环境，才导致今天误入陷阱。雄州城人马缺乏，只怕也守不住了。”邓文说：“雄州城想必还能坚守些时日，倒是我们粮草断绝，不能久持。为今之计，只能秘密派人去外面寻求救援。”杨宗保叹息道：“番兵防守严密，不知道谁能前往。”

这时，将军刘青自荐道：“小将愿去汴梁求救兵。”宗保问道：“你有什么办法能逃出番营？”刘青说：“将军不曾听说孟尝君门下有鸡鸣狗盗之徒吗？”宗保大喜，连忙写好求援信，交给了刘青。

当晚，刘青趁着夜深人静，穿上夜行衣，学着狗叫潜入西夏军营。巡夜的番兵只当是自己营地里的小犬在叫，都没有在意。刘青偷偷在西夏军营的粮草堆上放了一把火，霎时间，火光冲天而起。刘青趁乱偷了一匹快马，向汴梁飞奔而去。

孟尝君

即田文，战国时齐国贵族，继承其父田婴的爵位，被封于薛（今山东滕县南），称薛公，号孟尝君，是“战国四君”之一。他曾被齐王任命为相，门下有食客数千。图为孟尝君的门客学鸡叫骗开城门帮他出逃的情景

第三十一章

女将出征

宋代褶裙

图为宋代女子所穿褶裙。裙子上有彩绘纹饰及销金刺绣，色彩以黄色为主，应为当时有一定身份和地位的贵族妇女所穿

刘青快马加鞭赶回汴梁，将宋军被困金山谷的事情奏告了真宗。真宗大惊，连忙召集文武大臣商议，问道："谁可带兵去救援？"

真宗等了半天，满朝文武面面相觑，没有一个人应声。这时，大臣柴玉奏道："朝内暂时还找不到合适的人选，边关的将帅又一时难以调遣。陛下可以张榜于都门外，招募文武超群的人来充当元帅、先锋之职，领兵前往雄州。"

真宗万般无奈，只好依柴玉所言，命人立即起草榜文，到汴梁城的各大城门去张贴。

佘太君听刘青说宗保被困金山谷，急得直哭

刘青听说朝廷还要招募将军，又急又气，万般无奈，只好急匆匆地赶到天波府，求见佘太君。佘太君听刘青说杨宗保被困在金山谷内，急得顿足痛哭："我孙儿被困，一定度日如年，这边却还在招募将军！这得等到什么时候啊！救兵如救火，再拖上些时日，只怕宗保的性命就难保了。"说完，老泪纵横。

这时，杨家的女眷得到消息，匆匆忙忙赶来了。穆桂英上前劝慰道："奶奶不要忧虑，小孙媳这就带兵去救他们！"佘太君忧虑地说："你一个人如何去得？"

这时，只听八姐、九妹说："我们也和桂英一起去！"佘太君还未来得及回答，杨家女将都来到了堂上。她们分别是：杨大郎的妻子

杨家十二员女将一起来到堂上，要求带兵去救宗保

周夫人和孟四娘、杨二郎的妻子耿金花和邹兰英、杨三郎的妻子董月娥、杨五郎的妻子马赛英、杨六郎的妻子黄琼女和重阳女、杨七郎的妻子杜金娥，再加上穆桂英，以及八姐、九妹。十二员女将一齐上前向佘太君道：“既然宗保有难，我杨家女将怎能在家坐视不管？再说大家都是一身武艺，正可借此机会为朝廷出力，替老太君分忧，请准许我们前往。”

佘太君见大家齐心合力，转忧为喜，第二天入朝上奏真宗。真宗向大臣们征询意见，柴玉奏道：“榜文贴出，至今无人应募，为臣正想向圣上奏明此事。陛下只管准奏，为臣看她们定能取胜而归。”

真宗闻言龙颜大悦，对佘太君说：“杨家女将如能为朕救回元帅，朕定会将她们的功劳铭刻于金石之上，表彰你杨门之功。”随即下旨封周夫人为上将军，带领五万精兵，驰援雄州。

周夫人接旨，率众女将在堂前拜别佘太君。临行前，佘太君千叮咛万嘱咐，周夫人一一应允。众人饮完

杨门女将

杨家满门忠烈，家中男丁多战死沙场，当朝中无大将之时，杨门女将也上阵杀敌，造就了一段千古佳话

杨八姐挽弓飞出一箭，正中百花公主左臂

饯行酒，只听一声炮响，十二员女将一起出府，每人手中各执兵器，骑在马上威风凛凛。宋真宗偕文武大臣在城楼上观望，看到这种场景，对左右官员说：“这些女将军威严整，远远胜过那些边关的将军。朕看她们定能克敌制胜。”文武大臣也无不交口赞叹。

周夫人率领大军，马不停蹄，浩浩荡荡向雄州进发。这一日，大军来到了离雄州不远的森罗、黑水二国近地，周夫人命大军在此扎下营寨。此时，探马已经将宋朝援兵到来的消息报到西夏国的中军大帐里。西夏三太子、殷奇等人听说宋军的援兵全是女将，乐得哈哈大笑，嘲讽道：“看来大宋已是朝中无人，我们攻破汴梁城将指日可待。”于是，三太子发帖文给森罗、黑水二国，让他们出兵拒敌。

第二天天刚亮，森罗国主帅孟辛便带着百花公主耀武扬威地到宋营来挑战。宋军中八姐、九妹出战。九妹舞刀直冲孟辛，孟辛举锤来迎。不到几个回合后，孟辛不敌而逃，九妹带兵紧追。突然百花公主纵马赶来，截住九妹厮杀。不几个回合，百花公主招架乏力，拨马便逃，九妹随后紧追。不料百花公主等九妹追近，突然取出流星锤，一锤飞出，正打中九妹的坐骑。那马受伤，将九妹掀翻在地。百花公主见九妹落马，挥舞大刀就向九妹砍来。说时迟，那时快，八姐见情势危急，挽弓飞出一箭，正中百花公主左臂。百花公主翻身落马，几名宋军一拥而上，七手八脚就把她捉回了大营。

流星锤

古代的一种兵器。锤和柄之间有绳索或链条连接，可以掷出伤敌

孟辛见百花公主被擒，拨马便走，逃回去搬救兵。八姐、九妹率兵回到大营，周夫人叫人把百花公主装进囚车。这时，忽听探马来报，说孟辛又联合黑水国大将白圣将杀了回来，正在门外挑战。

周夫人派穆桂英和重阳女一起出营迎战。这两名番将哪里是穆桂英、重阳女的对手，不几个回合，就都被杀死了。

消息传到西夏大营，三太子大惊失色道："没料到这些女将如此英勇，竟连胜两国的军队！"这时，束天神走出来，对三太子说道："殿下别急，待末将去斩了宋将人头来献。"三太子应允，拨了两万精兵给束天神。束天神领兵来到阵前，在马上喝道："宋将尽管挑有能耐的来战；没能耐的趁早给我退一边去！"束天神话犹未落，激怒了宋营里的耿金花，只见她舞刀纵马，直冲到阵前，喝道："番奴速退，免得脏了我的刀！"

束天神领兵来到阵前，宋营里耿金花舞刀出战

束天神举戟相迎。两人一来一往战了不到几个回合，束天神便佯败而逃。耿金花不知是计，随后紧追。束天神见耿金花已被引入自己阵里，又念起咒语。霎时间，天昏地暗，飞沙走石，无数黑煞魔君又杀将下来。耿金花大惊，勒马就逃，宋军跟

着败退。东天神得意扬扬地收兵回营。

耿金花逃回大营，向众人说了阵上的怪事。大家听耿金花说完，一个个面露忧色道："难怪刘青说敌营里有异人！"正在这时，只听一人说道："待妾身去擒此妖党！"众人一看，原来是七郎之妻杜金娥。她曾学过仙人妙法，知道破敌之计。穆桂英请求一同出战，周夫人应允。

两位女将带兵杀出，正遇见東天神在阵上挑战。東天神见宋将出战，在马上讥笑道："手下败将，还要来寻死吗？"说完，挥舞方天画戟直冲过来。

杜金娥不慌不忙，从容应战。不几个回合后，東天神又故技重演，佯败而逃。杜金娥毫不犹豫，奋力去追。東天神以为杜金娥上钩，便作起妖法来。宋军正待惊慌败走，杜金娥厉声喝道："众军别怕！这类妖法只能吓唬别人，在我面前休想得逞！"喝罢，念起九华真人教给她的秘诀。霎时间，空中电闪雷鸣，滚出无数火球，把那些黑煞魔君都烧成了灰烬，天地顿时清明了。

杜金娥作法，把東天神的黑煞魔君都烧成了灰烬

東天神见自己的妖术被破，惊得手足无措，正想逃走，被穆桂英赶上一刀，将其斩死在马下。宋军顿时勇气倍增，如潮水般冲杀进敌阵，番兵被杀了个干干净净。杜金娥和穆桂英大获全胜，收兵回营。

西夏三太子听说東天神被杀，惊得面如土色，顿足道："東天神有这样的法术，且骁勇无敌，尚且死在杨家女将手里，如今可如何是好？"

殷奇听三太子这么说，上前劝慰道："三太子不要担忧。我们还有五路兵马，待末将明日保着殿下出兵，与他们决一死战。"当下如此这般将一切安排妥当。

周夫人从探子处得知此西夏军的动向后，当机立断，召集众位女将道："敌兵明日会倾巢出动，成败在此一举！希望大家同心协力，奋勇杀敌。"说罢便开始部署。周夫人首先派刘青潜入金山谷内，和杨宗保约定明日战斗一打响，就带兵从山谷中攻出。接着，又命黄琼女领兵一万去与敌兵正面交锋，把他们引到雄州城下。随后，又命董月娥、邹兰英率领五千马兵，在雄州城的城坳两边秘密埋伏。最后，让马赛英率领五千轻骑兵，待敌兵出战后，绕到他们的营寨，放火烧营；杜金娥则带领后军视情况作救援。周夫人分拨停当，女将们只等明日一战。

殷奇见势不妙，正要念咒作法，被九妹一箭射中左眼，落马而死

次日清早，黄琼女按命令到阵前索战。西夏阵里殷奇一骑冲出与黄琼女战在一处。没战上几个回合，黄琼女假装不敌，且战且退，把殷奇引到了雄州城下。将近城壕时，只听一声号炮响，董月娥、邹兰英率伏兵一齐杀出。宋兵万箭齐发，番兵乱成了一窝蜂，纷纷溃逃。

殷奇见有埋伏，连忙率兵杀回。这时，穆桂英从中路杀了进来，将西夏军截作两段。三太子见军队首尾不能相顾，一时慌了手脚。恰在这时，敌人营寨方向突然浓烟滚滚，火光冲天。三太子惊得魂飞魄散，也顾不得指挥军队，慌忙夺路而逃。殷奇见势不妙，正要念咒作法，被九妹一箭射中左眼，落马而死。

这时，杨宗保带领将士从金山谷里冲杀出来，穆桂英、黄琼女也率军杀到，几处人马合兵一处，直杀得敌军尸横遍野，血流成河。

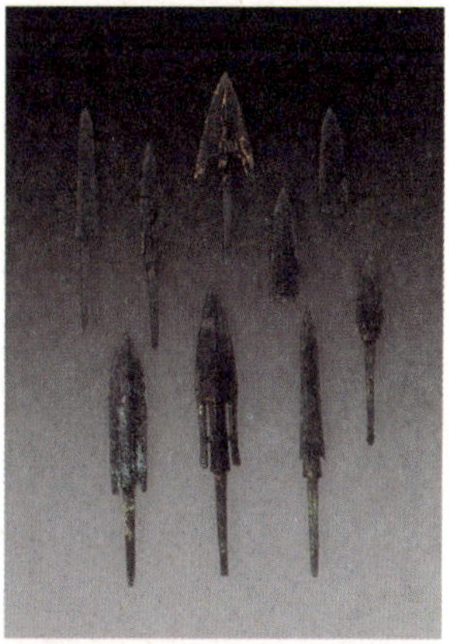

箭镞

箭镞为古代远射程兵器，可将其固定在插杆上，用弓射出，有很强的杀伤力。图为铜箭镞

第三十二章

平定西夏

杨宗保脱困后，上前拜见周夫人

宋军在金山之战中大获全胜，只是呼延达被番兵杀害了。周夫人将兵马屯扎在雄州城外，自己带着宗保等人到城里府衙相会。

杨宗保和穆桂英相见，分外欢喜。宗保向周夫人拜谢道：“今番若不是伯母带大家来相救，宗保几乎性命不保。”

周夫人安慰道：“圣上知道你被困，十分着急，只是一时招募不到带兵的将军。老太君心急如焚，我们这些女将也只好出马，没想到竟然真的剿灭了敌兵。这真是圣上和大宋百姓的福气啊！”

杨宗保说：“机会难得，如今番军大败，从这里到西夏的首府连州已经没有多少路了，我们不如乘胜杀过去，端了他们的老巢。一来为国家长期平息边患，二来也为呼延达等死难的将士们报仇雪恨，不知大家意下如何？”

周夫人深以为然，说：“好！将在外，君命有所不受。只要于国家有利，但行无妨，我也正是此意。”周夫人当即下令进兵连州。

这时，西夏国三太子刚从偏僻小路逃回国都连州，向国王李穆报告了全军覆没的经过。李穆听后，顿足连连，后悔当初没有听丞相柯白仙的话。

正在这时，忽然探马来报："宋军已将连州城团团围住，水泄不通。"

李穆一听这话，惊得魂飞魄散，一面下令城内各军火速坚守，一面召集文武大臣商议对策。

丞相柯白仙奏道："宋兵声势浩大，我军大将都已战死，如今哪个还敢出城作战？"

不等李穆回答，只听珠帘后走出一人，说道："小女愿领兵去退宋兵。"众人抬头一看，却见是李穆的长女金花公主。

李穆叹息道："只怕你不是宋兵的对手。"

金花公主坚持道："孩儿自小学武，父王何必灭自己志气，长他人威风！父王且让孩儿出战，孩儿自有破敌之法。"

李穆见女儿如此说，只好点头答应，拨给她两万精兵，让她第二天开西门出战。

次日，金花公主领兵出城，正遇到宋将杨九妹。金花公主在马上厉声喝道："不识时务的宋将，何故深入我国地盘？识趣的速速退去，不然教你成为枪下之鬼！"

李穆的长女金花公主请命去退宋军

九妹闻言大怒道："不自量力的番贼，不赶快投降，还敢来送死吗？"说完挥舞大刀直向金花公主冲了过去。两人刀枪并举，斗了不几个回合，九妹渐渐招架不住，拍马便走，金花公主随后紧追。八姐眼见金花公主就要追上九妹，急忙弯弓一箭射去，正中金花公主前胸。金花公主翻身落马，一命归西。

宋军乘势大举进攻，西夏兵纷纷逃窜。连州城里的守军怕宋兵跟上来，不敢打开城门。于是，阵地上的西夏兵被宋军杀死无数，城下一片求饶之声。

李穆听说女儿战死，心中仓皇无计，整天寝食不宁。又过了两天，宋兵攻城越发紧急，武将张荣不忍看国王焦急的样子，挺身奏道："主公不必担忧，城中目前还有四万兵马，粮草也可坚持一年。宋兵虽然厉害，但他们粮草一时接济不上，必定坚持不久。为臣愿领兵出城一战，若能取胜，便是主公的福气；若不能，主公就做好长期坚守的打算。"李穆听罢张荣的话，心头稍安，同意次日张荣出兵。

羌族：我国具有悠久历史的民族之一，至今仍活跃在我国的西北部和中原地区，其生产和生活以农业为主，以畜牧业、狩猎等多种副业为辅。因羌寨一般建在高山半腰，故而羌族被称为"云朵中的民族"。

张荣领命，第二天一早就率领两万大军，出城迎战。张荣是羌族人，生得勇猛异常，使一杆大刀，上阵挥舞如飞，人称"铁臂将军"。此时他舞刀纵马来到阵前，开口叫阵。

宋将里杨五郎的妻子马赛英见西夏军出城迎战，一马当先冲出阵来，大叫道："大胆番贼！不赶快献出城池，还敢负隅顽抗！"张荣也不答话，抡刀便战。不到几个回合，张荣佯败而走，马赛英尽力来追。张荣等马赛英追得近了，突然一个转身，挥刀便劈。马赛英眼快，侧身躲过，这一刀便砍在了马赛英的马身上。那马"扑"地倒地，马赛英也跌落马下。

李穆听说女儿战死，正在伤心难过，大将张荣挺身请战

张荣见马赛英倒地，又紧接着挥起一刀，向她头上砍去。说时迟，那时快，杜金娥在阵里见情势危急，连忙撇出一把飞刀，直往张荣头顶刺去。张荣一闪身，那刀不偏不倚，正中他的左肋，张荣翻身落马而死。杜金娥乘机率军一齐冲杀，番兵们逃窜不及，纷纷跪地投降。

李穆决心自刎以谢国人，丞相柯白仙慌忙劝阻

李穆在城里听到消息，环顾周围，见战将都已丧尽，一时茫然无计，就想自尽以谢国人。丞相柯白仙慌忙阻拦道："主公不必寻此短见，宋朝皇帝宽厚仁德，投降的人一向都能得到宽宥和封赏。眼下我们败局已定，顽抗只能自取灭亡。以为臣看，主公不如派使者前往宋营投降，献上我国图籍，以后只是每年进贡物品，仍不失为一国之君，这才是上策。胜败乃兵家常事，大丈夫能屈能伸，今番若寻了短见，只能徒做宋人笑柄，请主公三思！"

李穆沉吟半晌，叹了口气，放下手中宝剑，命令在城头竖起了降旗。

周夫人正和杨宗保等人讨论攻城的事，突然探马来报："番王李穆派使者来献投降书。"杨宗保立刻下令带进帐来。

西夏使者颤抖着进了大帐，跪倒在地，双手呈上降书。杨宗保批了降书，让使者带了回去。

第二天，李穆亲率朝中文武大臣，打开城门迎接宋军入城。杨宗保带头进入城内，只见西夏君臣全部跪倒在路旁。

宗保敬重李穆是一国之君，搀扶他起来，两人并辔一同入宫。到宫门外，只见西夏部族众人都举着香花灯烛在当地迎候。李穆下马立于台阶上，拱手向宗保请罪。宗保说："我大宋天子仁爱，你今天既然已经投降，若今后不生二心，原来的职位是断然丢不掉的。"李穆拜谢，当日在宫里大摆酒席，宋军众将开怀畅饮，尽欢而散。

又过了数日，连州周边的城邦也相继归降，西夏大

嵌宝石花蝶金纽扣

扣中部一圈连珠纹，内嵌一颗蓝宝石，周围环绕着八个如意云头。扣左右各有一只蝴蝶，蝶背上镶嵌红宝石，极尽华贵

杨宗保偕同杨家女将入朝面见真宗，真宗对众人论功行赏

地终于平定，宗保等人也决定班师回朝。回朝前，杨宗保和周夫人把所有战俘全部放还，只留下了森罗国战俘百花公主。李穆送来各种奇珍异宝，宗保只接受了两条犀带，把其余宝物留着进贡给真宗皇帝。

这天，大宋军队离开连州，开赴汴梁。西夏君臣出城送出十里开外才回去。

大军不到数日就回到汴梁，大宋君臣早已得到捷报，真宗派柴玉等大臣出城迎接。第二天，杨宗保等人入朝面见真宗。真宗龙颜大悦，对宗保道："爱卿为朕远涉风尘，这次成功来之不易！朕会论功行赏，表彰你杨家的大功！"

杨宗保磕头谢过隆恩，上奏道："臣等赖陛下洪福，已经平定西夏，如今西夏图籍所属的十四个州、二百个县、一万八千户已经全部归顺大宋。另外为臣还带回租赋四百石、珍奇宝物三十余车，以及战俘百花公主一名。"

真宗甚喜，下旨把西夏献上的财物和俘虏全部赏给

宋夏之战

图中描绘了西夏军正在守护城池、阻挡宋军的情景。宋、夏之间数度交战。后来西夏战败求和，宋朝每年赐其银、绮、绢、茶等作为"岁币"，宋、夏之间一时恢复和平

杨家处理。随后，真宗又对左右文武大臣说：“此番出征各将都有功于朝廷，朕要论功行赏，以表彰他们的忠勇爱国。”

柴玉上前奏道：“此乃大宋之幸，理当嘉奖！”

真宗随即下令，加封杨宗保为上柱国大将军；封呼延显等为典禁节度使；封周夫人为忠国副将军；封八姐、九妹等为翊运副将军。随后，又命令在皇宫内庭大摆宴席，犒赏征西将士。杨宗保等人再拜谢恩。君臣依班列座，开怀畅饮，尽欢而散。

上柱国大将军：自春秋起为军事武装的高级统帅，汉废，唐以后作为勋官的称号；五代复立为将军名号，宋沿其制。

第二天，杨宗保等人谢过皇恩后，回到天波府拜见佘太君。佘太君不胜欢喜，她见百花公主年轻貌美，就做主把她许配给了自己的小孙子杨文广。这时的杨文广刚刚十五岁，佘太君寄予厚望，只等他将来继承家业，平定南方，功成封赏。佘太君随即命人设宴，为众人接风洗尘，大家欢聚到深夜才渐渐散去。

从那以后，大宋四方平定，人民安居乐业，杨家将的故事也成了一段千古流传的佳话。

杨家将在天波府欢聚一堂，佘太君做主，促成了杨文广与百花公主的婚事

精华点评

《杨家将》叙述了杨家一门五代和辽、西夏英勇作战的故事，大部分的人和事都是虚构的，但正是这些精彩的虚构大大增加了这部作品的故事性，使得杨家将的故事数百年来在民间广泛流传，深植于百姓心中。

史书上记载的杨业本名杨重贵。他父亲是麟州的土豪，趁五代混乱的时候，占据麟州，自称刺史，先后归附过后汉、后周。杨重贵年少英武，得到后汉国主刘崇的看重，被认为养孙，改名为刘继业。刘继业战功赫赫，所向无敌，当时的国人都称其为“无敌”。北宋灭后汉，刘继业归降，恢复本姓“杨”，单名业。雍熙三年(986年)，宋军大举北伐攻辽，杨业、潘美率西路军攻克云、朔等四州，东路军曹彬克涿州，辽国萧太后南下应援。不久，东路军在河北战败，杨业奉命护送四州百姓撤退，途中与辽国大军相遇。主帅潘美与监军王侁逼迫杨业出战，杨业自知不敌，无奈之下率孤军力战，终被陷于陈家谷口，重伤被俘，绝食而亡，时年约六十。杨业的英勇事迹当时即被人传颂，后来演变为“杨家将”的故事。

“杨家将”的故事发生在北宋初年，到了北宋中叶就已迅速流传于天下。北宋诗人苏辙曾经写过一首《过杨无敌庙》的诗，由此可见杨家将的故事在当时的影响力。到了南宋，民间说书人把杨家将的故事编成了话本广泛流传。由于北宋最终为外敌所灭，南宋政府屈辱求和，百姓对那些血战保国的将领更加敬仰和怀念，他们对杨家将的故事进行了大胆的想象和艺术加工，加入了许多新的故事和人物。明朝中后期，朝廷积弱，外敌虎视的局面与宋朝相似，民间用杨家将的故事来借古言今。明朝政府也希望借杨家将的故事宣扬忠君思想。在这样的氛围中，杨家将的故事得到进一步的发展和完善。明清两代，戏曲舞台上以杨家将为题材的剧目有三百六十出之多。这些小说和戏曲与历史事实出入很大，已经成了英雄传奇。原本只有三代的杨家将被写成了五代，又增加了佘太君、穆桂英等巾帼不让须眉的女英雄。

拓展练习

1. 《杨家将》主要讲了一个什么故事?

2. 列举几个《杨家将》中出现的主要人物并说出他们的性格特征。

3. 在《杨家将》众多的人物中，谁给你留下了最深刻的印象?写一篇人物短评。

4. 简单叙述杨家将参与的几次著名战役。

5. 把你最喜欢的故事情节和同学或者家长交流，讲给他们听。

6. 把你认为精彩的语句和描写摘录下来，抄写在本子上，可以在自己的习作中进行仿写。

7. 《杨家将》一书中讲到的人物很多，你最佩服或喜欢谁，为什么?

8. 从书中的这些人和事中，你有没有受到什么启发?请把它写下来。

9. 通过读这本小说，你认为作者在小说中主要歌颂和赞扬了什么？

10. 读完全书后，可以试着做一个简单的读书卡。

读书卡

书名：

主要人物：

故事情节：

人物评价：

参考答案（略）

图书在版编目（CIP）数据

杨家将 / 创世卓越改编. — 北京：北京少年儿童出版社，2018.1
（一生必读的中国十大名著：课改精编版 / 龚勋主编）
ISBN 978-7-5301-5313-0

Ⅰ. ①杨… Ⅱ. ①创… Ⅲ. ①章回小说—中国—明代 Ⅳ. ①I242.4

中国版本图书馆 CIP 数据核字(2017)第 266048 号

一生必读的中国十大名著 课改精编版

杨家将

YANGJIAJIANG

创世卓越 改编

龚勋 主编

*

北京出版集团
北京少年儿童出版社 出版

（北京北三环中路 6 号）

邮政编码：100120

网址：www.bph.com.cn

北京出版集团总发行

新华书店经销

三河市嘉科万达彩色印刷有限公司

*

787 毫米×1092 毫米 16 开本 12.25 印张 215 千字

2018 年 1 月第 1 版 2022 年 11 月第 5 次印刷

ISBN 978-7-5301-5313-0

定价：29.80 元